16	3	2	13
5	10	11	8
9	6	7	12
4	15	14	1

Coleção LESTE

Ivan Búnin

O AMOR DE MÍTIA

Tradução e notas
Boris Schnaiderman

editora■34

EDITORA 34

Editora 34 Ltda.
Rua Hungria, 592 Jardim Europa CEP 01455-000
São Paulo - SP Brasil Tel/Fax (11) 3811-6777 www.editora34.com.br

Copyright © Editora 34 Ltda., 2016
Tradução © Boris Schnaiderman, 2016

A FOTOCÓPIA DE QUALQUER FOLHA DESTE LIVRO É ILEGAL E CONFIGURA UMA APROPRIAÇÃO INDEVIDA DOS DIREITOS INTELECTUAIS E PATRIMONIAIS DO AUTOR.

Título original:
Mítina liubóv

Imagem da capa:
Edvard Munch, Duas pessoas, *1899,
xilogravura, 39,5 x 55,7 cm, Munchmuseet, Oslo*

Capa, projeto gráfico e editoração eletrônica:
Bracher & Malta Produção Gráfica

Revisão:
Alberto Martins, Cecília Rosas

1ª Edição - 2016 (1ª Reimpressão - 2021)

CIP - Brasil. Catalogação-na-Fonte
(Sindicato Nacional dos Editores de Livros, RJ, Brasil)

Búnin, Ivan, 1870-1953
B724a   O amor de Mítia / Ivan Búnin; tradução, posfácio e notas de Boris Schnaiderman. —
São Paulo: Editora 34, 2016 (1ª Edição).
128 p. (Coleção Leste)

Tradução de: Mítina liubóv

ISBN 978-85-7326-615-3

1. Literatura russa. I. Schnaiderman, Boris. II. Título. III. Série.

CDD - 891.73

O AMOR DE MÍTIA

Nota do tradutor... 7

O amor de Mítia 9

NOTA DO TRADUTOR

O amor de Mítia, de Ivan Búnin (1870-1953), constitui, no meu entender, um dos raros momentos em que a literatura conseguiu captar, em toda a plenitude, o mundo de sentimentos e sensações típico da adolescência. A personagem central é um rapaz como tantos outros, mas, ao mesmo tempo, que sutileza, que intensidade, reveladas a cada momento!

Ele vive num mundo exuberante: o da natureza russa captada com encantamento peculiar. Percebe-se claramente que ressoa ali a nostalgia, a saudade da pátria, tão intensa no autor. Assim, não foi por acaso que, depois de relatar, em mais de um texto, horrores sobre o ocorrido em seu país, Búnin chegou a pensar seriamente em regressar à pátria. Residindo em França, passou a corresponder-se com escritores soviéticos, ora aplaudindo textos, ora dando conselhos, mas aquele regresso não se efetivou.

O estranho é que esse fugitivo da Rússia soviética tinha uma sensibilidade extraordinária para os problemas sociais, conforme se constata no seu romance *A aldeia*, do período anterior à Revolução, e por muitos outros textos, entre os quais anotações de uma viagem à Índia, na mocidade, onde aparece um flagrante, captado com indignação, de um policial britânico espancando um jovem indiano.

Ao mesmo tempo, Búnin era também poeta, mas bem tradicional, completamente avesso às vanguardas poéticas, que chegou a atacar em textos críticos. Não! Sua poesia mais vigorosa está certamente nos textos em prosa, como se pode ver nesta novela.

Não seria por acaso, pois, que se voltava contra Dostoiévski, cujos romances lhe pareciam pesados demais e até mal escritos. Pudera! Depois da leveza da prosa de Búnin, que textos não parecerão pesados?

Penso que não adianta ruminar complicações psicológicas em torno de suas personagens. Tudo ali é simples e direto, ligado à exuberância vital evidente.

Se este mundo apresentado por Búnin é bem russo, ressoam em sua prosa problemas tipicamente universais. Mítia é um garoto russo, suas vivências são inerentes à juventude. Em literatura, o mundo parece até bem menor, apagam-se e ao mesmo tempo se frisam diferenças de nação e etnia.

Enfim, bem poucas vezes, em minha tão extensa caminhada como tradutor, me defrontei com um texto vigoroso como o desta novela.

Boris Schnaiderman

O AMOR DE MÍTIA

I

Nove de março foi o último dia feliz de Mítia[1] em Moscou. Pelo menos era essa a sua impressão.

Depois das onze, estava subindo com Kátia[2] a avenida Tvierskaia. O inverno cedera passo, de súbito, à primavera; ao ar livre quase fazia calor. Era como se realmente tivessem voltado as cotovias, trazendo calor e alegria. Tudo estava molhado e se derretia, gotas pingavam das casas, os zeladores amontoavam gelo tirado das calçadas, derrubavam dos telhados a neve pegajosa, em toda parte havia muita gente, muito movimento. As nuvens altas dispersavam-se em forma de uma tênue fumaça branca, fundindo-se com o céu de um azul úmido. Ao longe, a estátua de Púchkin erguia-se afável e pensativa, e o Mosteiro da Paixão brilhava. Mas o melhor de tudo era o fato de que ela estava especialmente bonita naquele dia, toda intimidade e candura, frequentemente tomava o braço de Mítia com uma confiança infantil, espiava-lhe o rosto de baixo para cima, ele sentia-se feliz e caminhava até como que um pouquinho altivo, com tão largas passadas que a moça mal conseguia acompanhá-lo.

Junto à estátua de Púchkin, ela disse inesperadamente:

---

[1] Diminutivo de Dmítri. (N. do T.)

[2] Diminutivo de Iekatierina. (N. do T.)

— Quando você ri, abre tanto a boca que lhe aparece uma perturbação simpática, de criança. Não se ofenda, mas é justamente por este sorriso que eu amo você. E também pelos seus olhos bizantinos...

Esforçando-se para não sorrir, vencendo em si tanto a satisfação secreta como a ligeira ofensa, Mítia respondeu amistoso, olhando para o monumento, que já se erguia alto diante deles:

— Quanto à criancice, parece que não nos afastamos muito um do outro. E eu me pareço tanto com um bizantino como você se parece com a imperatriz da China. Vocês todos ficaram simplesmente malucos por esses Bizâncios, essas Renascenças... Eu não compreendo a sua mãe!

— Então, no lugar dela você me trancaria no sobrado? — perguntou Kátia.

— Não a trancaria, mas simplesmente não deixaria entrar em casa toda essa boemia pseudoaristocrática, todos estes futuros luminares, frequentadores de estúdios, conservatórios e escolas de arte dramática — respondeu Mítia, ainda esforçando-se por manter-se tranquilo, com um ar amistoso e despreocupado. — Você mesma me disse que Bukoviétski já a convidou para ir jantar com ele em Strelna, e que Iegórov se propôs a esculpi-la nua, na imagem de não sei que onda moribunda e, naturalmente, você está muito lisonjeada com essa honra.

— De qualquer modo, nem por amor a você eu abandonarei a arte — disse Kátia. — Talvez eu seja realmente má, como você diz muitas vezes — acrescentou, embora Mítia nunca lhe tivesse dito isso —, talvez eu seja de fato uma pervertida, mas aceite-me assim como sou. E não vamos brigar, deixe de ter ciúme de mim ao menos por hoje, num dia tão magnífico! Como é que você não compreende que é para mim, apesar de tudo, o melhor de todos, o único? — perguntou ela a meia-voz, insistente, espiando-lhe nos olhos, desta vez com uma sedução intencional, e declamou, pensativa, devagar:

> *Entre nós dois dormita este segredo,*
> *Uma alma à outra deu o anel...*[3]

Estes versos atingiram Mítia dolorosamente. Aliás, mesmo nesse dia muita coisa era desagradável, dolorosa. Como era desagradável brincar sobre a sua perturbação infantil: não era a primeira vez que ouvia de Kátia semelhantes brincadeiras, e elas não eram casuais: não raro Kátia se revelava nisto ou naquilo mais adulta que ele, não raro (e sem querer, isto é, de modo absolutamente natural) manifestava a sua superioridade em relação a ele, que reagia a isto com sofrimento, como se fosse um indício, da parte da moça, de alguma experiência viciosa e secreta. Era desagradável aquele "apesar de tudo" ("apesar de tudo, você é para mim o melhor de todos") e também o fato de que fora dito, por alguma razão, com a voz de súbito abaixada, e eram particularmente desagradáveis aqueles versos e o seu tom maneiroso. No entanto, mesmo os versos e o tom, isto é, aquilo mesmo que lembrava mais que tudo a Mítia o ambiente que lhe roubava Kátia, aquilo que lhe suscitava agudamente o ódio e o ciúme, foram suportados por ele com relativa facilidade, naquele feliz nove de março, o seu derradeiro dia feliz em Moscou, conforme lhe pareceria depois com frequência.

Nesse dia, ao voltar da Ponte dos Ferreiros, onde ela comprara na loja de Zimmermann alguns cadernos de música de Skriábin, Kátia falou, entre outras coisas, da mãe de Mítia, e disse rindo:

---

[3] Versos do poema "O anel", do poeta russo Konstantin Balmont (1867-1942). (N. do T.)

— Você não imagina o medo que eu já tenho dela!

Desde que eles se amavam, nenhuma vez, sem saber por quê, haviam-se referido ao futuro, à maneira pela qual aquele amor acabaria. E eis que de repente Kátia falou da mãe dele, e falou de modo tal como se estivesse claro por si que a mãe dele era sua futura sogra.

II

Depois, tudo decorreu como de costume. Mítia acompanhava Kátia ao estúdio do Teatro de Arte, aos concertos, aos saraus literários, ou então ia a sua casa, na Kíslovka, e ficava ali até as duas da madrugada, aproveitando a estranha liberdade que a moça recebia da mãe, uma senhora que fumava sem cessar e tinha sempre as faces pintadas, os cabelos cor de framboesa, uma mulher bondosa e simpática, separada, fazia muito tempo, do marido, que tinha uma segunda família. Kátia também ia ver Mítia, em seu quarto mobiliado na Moltchánovka, e, desde tempos atrás, os encontros deles decorriam quase totalmente na pesada embriaguez dos beijos. No entanto, Mítia tinha continuamente a impressão de que de súbito começara algo terrível, que algo se modificara, ou começara a modificar-se em Kátia.

Passara depressa aquele tempo inesquecível e ligeiro, em que eles haviam acabado de se conhecer, e, mal apresentados um ao outro, sentiram de repente que o mais interessante para ambos era conversar (ainda que fosse da manhã à noite) unicamente um com o outro — quando Mítia se viu tão inesperadamente naquele mundo encantado do amor, que ele esperava em segredo desde a infância e a adolescência. Aquele tempo tinha sido o mês de dezembro — gélido, sereno, e que dia após dia ornava Moscou com uma densa geada e com o globo vermelho e baço do sol baixo. Janeiro e fevereiro fizeram o amor de Mítia rodopiar no torvelinho de uma felicidade incessante, como que realizada já, ou, pelo menos, prestes a realizar-se a todo momento. Mesmo então, porém, algo principiou (e cada vez com maior frequência) a perturbar e envenenar essa felicidade. Mesmo então, muitas vezes pareciam existir duas Kátias: uma delas era aquela que, desde o primeiro instante de conhecimento, Mítia começou a desejar e exigir com insistência; a outra era a verdadeira, a comum, e que de modo torturante não coincidia com a primeira. E assim mesmo, Mítia não experimentara então nada de semelhante ao que experimentava agora.

Podia-se explicar tudo. Começaram as preocupações femininas da primavera, compras, encomendas, infindáveis reformas disto e daquilo, e Kátia, de fato, precisava ir frequentemente com sua mãe às costureiras; ademais, tinha pela frente um exame na escola particular de arte dramática em que estudava. Portanto, o seu ar preocupado, a sua distração, poderiam ser muito naturais. E Mítia a todo momento se consolava com isto. Mas o consolo não adiantava — aquilo que, apesar dele, o coração desconfiado lhe dizia, era mais forte e confirmava-se com clareza cada vez maior: a desatenção interior de Kátia em relação a ele crescia cada vez mais, e ao mesmo tempo cresciam também nele a desconfiança, o ciúme. O diretor da escola de arte dramática fazia a cabeça de Kátia rodar à força de elogios, e ela não conseguia conter-se, contava a Mítia aqueles elogios. O diretor dissera-lhe: "Você é o orgulho da minha escola" (tratava todas as suas alunas por você) — e, além das aulas normais, passou a dar-lhe, na Quaresma, também aulas particulares, para que a sua escola brilhasse especialmente por ocasião dos exames. Era sabido que ele pervertia as alunas, e que no verão sempre levava alguma delas ao Cáucaso, à Finlândia, ao estrangeiro. E começou a passar pela cabeça de Mítia que o diretor tinha agora certas intenções em relação a Kátia, que, embora não fosse culpada disso, assim mesmo, provavelmente, percebia e compreendia isto, e, deste modo, tinha relações como que ignóbeis e criminosas com ele. E Mítia atormentava-se com esse pensamento tanto mais quanto era por demais evidente que diminuíra a atenção de Kátia para com ele. Aparentemente, algo passou a afastá-la dele. Ele não conseguia pensar tranquilo no diretor. Mas ainda se fosse apenas o diretor!

Parecia que, de modo geral, certos interesses estranhos começaram a sobrepujar-se ao amor de Kátia. Interesse pelo quê, ou por quem? Mítia não sabia, tinha ciúme de Kátia em relação a todos, a tudo, e principalmente em relação àquele objeto geral, imaginário e que, às escondidas dele, parecia fazer Kátia viver. Mítia tinha a impressão de que ela era arrastada incoercivelmente para alguma parte longe dele, e talvez na direção de algo de tal natureza que dava até medo pensar.

De uma feita, Kátia lhe disse meio brincando, em presença da mãe:

— Você, Mítia, tem sobre as mulheres ideias do *Domostroi*.[4] E vai dar um verdadeiro Otelo. Eu nunca me apaixonaria, nem me casaria com você!

A mãe retrucou:

— Quanto a mim, não posso imaginar amor sem ciúme. A meu ver, quem não tem ciúme, não ama.

— Não, mamãe — disse Kátia, com a sua tendência permanente de repetir palavras alheias —, o ciúme é uma falta de respeito em relação à pessoa que se ama. Se não acreditam em mim, isto quer dizer que não me amam — disse ela, olhando de propósito na direção oposta à de Mítia.

— Mas, na minha opinião — insistiu a mãe — o ciúme é que é o próprio amor. Eu até li isso não sei onde. Isso estava lá demonstrado muito bem, e até com exemplos da Bíblia, onde o próprio Deus é chamado de ciumento e vingador...

---

[4] Código de costumes do século XVI, segundo o qual o chefe da casa tinha poder ilimitado sobre os demais membros da família. (N. do T.)

E no que toca ao amor de Mítia, ele agora se manifestava quase unicamente como ciúme. E não era um ciúme comum, mas, conforme lhe parecia, de uma qualidade peculiar. Kátia e ele ainda não haviam passado o derradeiro limite da intimidade, conquanto se permitissem demasiado, nas horas em que ficavam a sós. E agora, nessas horas, Kátia era ainda mais apaixonada que antes. Mas também isto começou a parecer suspeito, e às vezes suscitava um sentimento horrível. Todos os sentimentos em que consistia o ciúme dele eram horríveis, mas, entre eles, havia um que era mais horrível que todos os demais, e que Mítia não podia, não conseguia definir ou, mesmo, compreender. Ele consistia em que aquelas manifestações de paixão, aquilo que era tão doce, que dava tanta felicidade, que era o mais belo e elevado no mundo, quando se tratava de Mítia e Kátia, tornava-se indescritivelmente ignóbil e parecia até antinatural, quando Mítia pensava em Kátia com outro homem. Nessas ocasiões, Kátia suscitava nele um ódio agudo. Tudo o que ele próprio fazia com ela, a sós, estava repleto, para ele, de virtude e encanto celestial. Mas bastava-lhe imaginar em lugar dele um outro, e tudo se modificava no mesmo instante, transformando-se em algo indecente, que lhe despertava uma ânsia de esganar Kátia, e em primeiro lugar justamente a ela, e não ao rival imaginário.

III

No dia do exame de Kátia, que finalmente aconteceu (na sexta semana da Quaresma), pareceu confirmar-se toda a justeza do sofrimento de Mítia.

Nesse dia, Kátia não o via, não o notava sequer, estava toda alheia, toda pública.

Ela teve grande êxito. Toda de branco, qual uma noiva, a perturbação tornava-a encantadora. Houve aplausos calorosos, em uníssono, e o diretor, um ator convencido, de olhos tristes e indiferentes, sentado na primeira fila, fazia-lhe, unicamente por orgulho, algumas observações, falando baixo, mas de tal maneira que a sua voz se ouvia em todo o salão e soava intolerável.

— Menos declamação — dizia incisivo, tranquilamente, e tão imperioso, como se Kátia fosse toda de sua propriedade. — Não represente, sofra — dizia escandindo as palavras.

Sim, era intolerável. E também intolerável era a própria declamação, que provocava os aplausos. Kátia ardia de um rubor intenso, de perturbação, a sua vozinha às vezes se interrompia, faltava-lhe a respiração, e isto era tocante, sedutor. Mas ela dizia versos com aquele tom cantado e vulgar, com aquela falsidade e estupidez em cada som, que se considerava o ápice da arte da declamação naquele meio odioso para Mítia, e onde Kátia já vivia com todos os seus pensamentos: ela não falava mais, porém exclamava sem cessar, repassada de uma paixão lânguida e importuna, de um apelo que não se fundava em nada, com a sua insistência, e Mítia não sabia onde esconder os olhos, de vergonha por ela. O mais terrível, porém, era aquela mistura de pureza angelical e de vício que havia nela, em seu pequeno rosto abrasado, no seu vestido branco, que no palco parecia mais curto, pois todos os que estavam ali sentados viam Kátia de baixo, com seus sapatinhos brancos e pernas envoltas em meias brancas de seda, bem justas. "A jovem cantava no coro da igreja"[5] — disse Kátia, com uma ingenuidade fingida, desmesurada, a respeito de uma jovem que seria de uma inocência angelical. Mítia sentia a proximidade mais intensa de Kátia — sempre se sente isto em meio à multidão, em relação à pessoa que se ama — e uma hostilidade cruel, sentia ao mesmo tempo orgulho por ela, a consciência de que, apesar de tudo, ela lhe pertencia, e também uma dor que esfacelava o coração: não, ela não lhe pertencia mais!

Depois do exame, voltaram os dias felizes. Mítia, porém, não acreditava mais neles com a mesma leveza de antes. Lembrando-se do exame, Kátia dizia:

— Como é tolo! Então não percebeu que eu disse os versos tão bem só para você!

Mas ele não podia esquecer aquilo que sentira no exame, e não conseguia ter consciência de que os mesmos sentimentos não o abandonavam também agora. Kátia percebia também os seus sentimentos ocultos, e, de uma feita, por ocasião de uma briga, exclamou:

— Não compreendo o que faz você me amar, se na sua opinião tudo é tão ruim em mim! O que você quer de mim, afinal?

Mas ele mesmo não compreendia por que a amava, embora sentisse que o seu amor não só não diminuía, mas até

---

[5] Verso de Aleksandr Blok (1880-1921). (N. do T.)

não cessava de crescer naquele embate ciumento que ele travava com alguém, com algo, por causa dela, daquele amor, da força cada vez mais tensa deste, das suas exigências crescentes.

— Você ama apenas o meu corpo, não o meu espírito! — disse um dia Kátia com amargura.

Mais uma vez, eram palavras alheias, teatrais, mas elas também, com a sua surrada tolice, tratavam de algo torturante e sem solução. Ele não sabia por que amava, era incapaz de dizer precisamente o que desejava... E, em geral, o que significa amar? Responder a isto era impossível, tanto mais que, em tudo o que Mítia ouvia a respeito do amor, em tudo o que lia, não existia uma só palavra que o definisse com exatidão. Nos livros e na vida cotidiana, todos como que de uma vez para sempre concordaram em falar somente de um amor quase incorpóreo, ou apenas daquilo que se chama paixão, sensualidade. E o amor dele não se parecia nem com um nem com outro. O que ele sentia em relação a Kátia? Aquilo que se chama amor, ou aquilo que se denomina paixão? Era a alma de Kátia ou o seu corpo que o fazia quase desmaiar, que o imergia em certa felicidade pré-agônica, quando ele lhe desabotoava a blusa e lhe beijava o seio, de uma beleza virginal, edênica, aquele seio descoberto com uma docilidade pungente, com o impudor da inocência mais pura?

IV

Ela mudava cada vez mais.

O êxito no exame tinha grande importância. Mas, mesmo assim, havia também outras causas para aquela modificação.

Com a aproximação da primavera, Kátia pareceu transformar-se de repente numa jovem dama da sociedade, elegante e sempre apressada. Mítia agora simplesmente se envergonhava do seu escuro corredor, quando ela chegava, não mais a pé, como antes, e, farfalhando em sedas, caminhava rápida por aquele corredor, um pequeno véu descido sobre o rosto. Agora, ela era invariavelmente carinhosa com ele, mas, também invariavelmente, chegava atrasada e encurtava os encontros, dizendo que precisava, mais uma vez, ir com a mãe à costureira.

— Você entende? Agora somos a elegância em pessoa! — dizia ela, fazendo faiscar os olhos redondos, alegres e espantados, entendendo muito bem que Mítia não acreditava nas suas palavras, mas continuando a dizê-las, pois não havia agora nenhum assunto para conversa.

Agora, ela quase nunca tirava o chapeuzinho, nem se desfazia da sombrinha, sentada na cama de Mítia, como quem está prestes a ir embora, e ao mesmo tempo deixava-o maluco, com as suas pernas apertadas em meias de seda. E antes de partir e de dizer-lhe que, naquela noite, mais uma vez não estaria em casa — mais uma vez tinha de fazer visita com a mãe! —, ela invariavelmente procedia da mesma forma, com o fito evidente de lhe pregar uma peça, e premiá-lo por todos os seus sofrimentos "tolos", conforme costumava dizer: lançava um olhar malandro e fingido para a porta, deslizava para fora da cama, e, depois de roçar com as coxas pelas pernas dele, dizia-lhe num murmúrio apressado:

— Vamos, beije-me de uma vez!

V

Em fins de abril, Mítia finalmente decidiu conceder a si mesmo um descanso e ir passar algum tempo no campo.

Extenuara completamente a si mesmo e a Kátia, e este sofrimento era ainda mais intolerável por não existir aparentemente nenhum motivo para ele: realmente, o que acontecera? Qual era a culpa de Kátia? E de uma feita, ela dissera-lhe, com a firmeza do desespero:

— Sim, parta, parta, eu não tenho mais forças! Temos de separar-nos por algum tempo, esclarecer as nossas relações. Você emagreceu tanto que mamãe está certa de que é tuberculose. Eu não aguento mais!

Decidiu-se, pois, a partida de Mítia. Mas, ao partir, para seu espanto, ele estava quase feliz, embora estivesse ao mesmo tempo atordoado de aflição. Apenas se decidira a partida, voltara inesperadamente tudo o que existira antes. Bem que, apesar de tudo, ele se recusava ardentemente a acreditar naquilo que era tão terrível, e que não lhe dava sossego de dia nem de noite. E bastava a menor mudança em Kátia para que aos olhos dele tudo tornasse a modificar-se. E Kátia tornara-se mais uma vez carinhosa e arrebatada, agora sem nenhum fingimento — ele o sentia com a sensibilidade infalível dos ciumentos —, e Mítia passou novamente a ficar em sua casa até as duas da madrugada, e havia de novo assunto para conversa, e quanto mais se aproximava a partida, mais absurdas pareciam a separação e a necessidade de "esclarecer as relações". De uma feita, Kátia chegou a chorar (ela não chorava nunca), e essas lágrimas tornaram-na de súbito tremendamente chegada a ele, e transpassaram-no de um sentimento de aguda comiseração e como que de culpa perante ela.

No começo de junho, a mãe de Kátia sempre partia para a Crimeia, onde passava o verão, e levava-a consigo. Combinaram encontrar-se em Miskor, para onde Mítia iria também.

Ele fazia os seus preparativos, e caminhava por Moscou naquela estranha embriaguez que aparece quando um homem ainda se mantém sobre as pernas, mas já está atacado por uma doença grave. Ele estava doentia e embriagadoramente infeliz, e ao mesmo tempo doentiamente feliz, sensibilizado pela renovada intimidade com Kátia, por sua solicitude em relação a ele — ela até o acompanhara na compra das correias de bagagem, como se fosse sua noiva ou esposa — e, em geral, com a volta de quase tudo aquilo que lembrava os primeiros tempos do amor deles. Reagia de maneira idêntica a tudo o que o cercava: os prédios, as ruas, aqueles que as percorriam a pé ou de carro, o tempo que se ensombrava continuamente, de maneira primaveril, o cheiro da poeira e da chuva, o aroma litúrgico dos choupos, que tinham rebrotado atrás das cercas, nos becos — tudo falava da amargura da separação e das doces esperanças para o verão, para aquele encontro na Crimeia, onde nada mais os estorvaria, e tudo haveria de se realizar (embora não soubesse com precisão o que seria "tudo").

No dia da partida, Protássov veio despedir-se dele. Entre os ginasianos dos últimos anos, assim como entre os universitários, não raro se encontram jovens que assimilaram certa maneira de se portar com um tom zombeteiro, entre bonachão e taciturno, um ar de pessoa mais velha e mais experimentada que todas as outras na Terra. Assim era Protássov, um dos amigos mais chegados de Mítia, o seu único amigo de verdade, e que conhecia, apesar de toda a reserva e mutismo de Mítia, todos os segredos do seu amor. Ficou olhando Mítia amarrar a mala, viu como lhe tremeram as mãos, depois sorriu com um ar de tristeza e sabedoria, e disse:

— Vocês são verdadeiras crianças, que Deus me perdoe! E além de tudo isso, meu caro Werther[6] de Tambóv, está afinal de contas na hora de compreender que ela é antes de tudo a mais típica das criaturas femininas, e que o próprio chefe de polícia não pode nada contra isso. Quanto a você, é um ser masculino, está subindo pelas paredes, apresenta em relação a ela as altíssimas exigências do instinto de perpetuação da espécie, e, bem entendido, tudo isto é perfeitamente legítimo, em certo sentido até sagrado. O seu corpo é a razão suprema, como observou com justeza *herr* Nietzsche. Mas é também legítimo o fato de que, neste caminho sagrado, você é capaz de quebrar a cabeça. E existem no mundo dos animais seres a quem, pela própria condição, é de norma pagar com a existência pelo primeiro e último ato de amor. Mas, visto que, em relação a você, semelhante condição não é de todo obrigatória, preste bem atenção e cuide de si. E, em geral, não se apresse. "Cadete Schmidt, palavra de honra, o verão há de voltar!"[7] O mundo não se fez num dia, nem se concentrou todo em Kátia. Mas vejo pelos esforços que faz para esganar a mala que você não concorda de modo algum com isso, e que ela lhe é muito cara. Bem, perdoe

---

[6] Alusão ao protagonista sentimental do famoso romance de Goethe, *Os sofrimentos do jovem Werther* (1774). (N. do T.)

[7] Último verso do poema satírico "Cadete Schmidt" (1854), creditado a Kuzmá Prutkóv — nome fictício usado por um grupo de autores de meados do século XIX. Em tradução literal, o poema diz: "Esmaece a folha. Passa o verão./ Prateada, a geada reluz.../ O cadete Schmidt, com uma pistola/ quer se matar.// Espere, seu louco, o verde/ há de viver de novo!/ Cadete Schmidt, palavra de honra,/ o verão há de voltar". (N. do T.)

então este conselho que não me foi pedido, e que te protejam São Nicolau e todos os seus bem-aventurados.

E depois que Protássov apertou a mão do amigo e foi embora, Mítia, ao apertar as correias em torno do travesseiro e do cobertor, ouviu, pela janela aberta para o pátio, como trovejou, experimentando a voz, o estudante que morava em frente, e que se ocupava de manhã à noite com exercícios de canto; ele entoou "O asra".[8] Então Mítia apressou-se com as correias, afivelou-as de qualquer jeito, apanhou o quepe e foi para a Kíslovka, a fim de se despedir da mãe de Kátia. A melodia e as palavras da canção que o estudante entoara ressoavam e repetiam-se dentro dele com tamanha insistência que não via as ruas, nem os transeuntes, e foi caminhando ainda mais embriagado do que em todos os dias anteriores. Realmente, parecia que o mundo tinha se feito num dia só, e que o cadete Schmidt queria suicidar-se com uma pistola! "Ora, que importa", pensava ele, e tornava à canção em que, passeando pelo jardim e "brilhando em sua beleza", a filha do sultão encontrava um prisioneiro negro, parado junto ao repuxo, "mais pálido que a morte"; a canção dizia, ainda, que, um dia, ela lhe perguntara quem era e de onde vinha, e ele respondera, começando sinistro, mas humilde, com uma simplicidade taciturna:

Eu me chamo Maomé...

— e terminando com um grito extasiado e trágico:

Sou da raça dos pobres asras,
Quando amamos, nós morremos!

---

[8] Poema de Heinrich Heine (1797-1856), musicado por Anton Rubinstein. (N. do T.)

Kátia estava se vestindo, para acompanhá-lo à estação, e gritou-lhe do quarto — do quarto onde ele passara tantas horas inesquecíveis! — que ela chegaria para o primeiro sinal. A simpática e bondosa mulher dos cabelos cor de framboesa estava sentada sozinha, fumando, e lançou-lhe um olhar muito triste: provavelmente, compreendia tudo desde muito tempo, adivinhava tudo. Muito vermelho, trêmulo por dentro, ele beijou-lhe a mão tenra e flácida, inclinando sobre ela a cabeça à maneira filial, e ela beijou-o algumas vezes na têmpora, com um carinho maternal, e fez sobre ele o sinal da cruz.

— Ah, meu caro — repetiu ela, com um sorriso tímido, as palavras de Griboiédov[9] —, viva rindo! Bem, vá com Jesus Cristo! Parta, parta...

---

[9] Aleksandr Griboiédov (1795-1825), dramaturgo russo. (N. do T.)

VI

Depois de fazer tudo aquilo que se deve fazer num quarto alugado ao deixá-lo, e depois de arrumar a sua bagagem num fiacre torto, com a ajuda de um criado, ele finalmente sentou-se desajeitado junto às malas, o carro partiu, e no mesmo instante ele teve aquele sentimento peculiar que se apossa de nós por ocasião das partidas — concluído (e para sempre) determinado período da vida! — e sentiu ao mesmo tempo uma súbita leveza, uma esperança do início de algo novo. Acalmou-se um pouco e começou a olhar mais animado ao redor, aparentemente com olhos novos. Era o fim, adeus Moscou e tudo o que sofrera nela! Chuviscava, o céu ensombrecia-se, os becos estavam vazios, as pedras da rua, escuras, brilhavam como ferro, as casas apareciam tristonhas e sujas. O cocheiro conduzia o carro com uma lentidão exasperante, e a todo momento fazia Mítia virar-se e conter a respiração. Passaram pelo Kremlin, pela Pokrovka, e dobraram novamente para uns becos, onde, nos jardins, o grito rouco da gralha anunciava a chuva e o anoitecer, e, no entanto, era primavera, havia um aroma primaveril. Finalmente chegaram, Mítia correu pela estação apinhada de gente para a plataforma, em busca de um carregador, depois para o terceiro trilho, onde já estava formado o longo e pesado trem para Kursk. E em meio a toda aquela multidão imensa e disforme que assediava o trem, dos carregadores, que empurravam carrinhos de bagagem com fragor e com gritos de advertência, ele viu no mesmo instante aquela que, "brilhando em sua beleza", estava parada ao longe e parecia uma criatura completamente à parte, não só em toda esta multidão, mas no mundo inteiro. Já soara o primeiro sinal — desta vez, fora ele quem se atrasara, e não Kátia. Era comovedor, chegara antes dele, esperava-o e correu mais uma vez na sua direção, com uma solicitude de noiva ou de esposa:

— Querido, acomode-se o quanto antes no seu lugar! Já vai soar o segundo sinal!

E, depois deste, ficou parada de maneira ainda mais comovedora na plataforma, olhando de baixo para Mítia, parado à porta do vagão de terceira, já repleto e fétido. Tudo nela era encantador: o seu lindo e simpático rostinho, o vulto miúdo, o frescor e a juventude, onde a feminilidade ainda se misturava com a infância, os olhos cintilantes e erguidos, o modesto e pequeno chapéu azul-claro, em cujas curvas havia um quê de travessura elegante, e até o costume cinza-escuro, do qual Mítia sentia, em adoração, até a fazenda e a seda do forro. Ele estava ali magro, desengonçado, tinha envergado para a viagem umas botas altas e grosseiras e uma velha jaqueta, de botões puídos, em que o cobre se avermelhava. E, apesar de tudo, Kátia olhava para ele com um olhar nada fingido, amante e triste. O terceiro sinal bateu tão inesperada e abruptamente sobre o coração que Mítia largou a correr, como um louco, da plataforma do vagão, e assim também, horrorizada, correu ao seu encontro Kátia. Ele colou os lábios à sua luva e, pulando para trás, para o vagão, pôs-se a agitar o quepe na sua direção, num êxtase alucinado, e ela arrepanhou a saia com a mão, e deslizou para trás com a plataforma, sempre sem baixar os olhos, erguidos na direção de Mítia. Ela deslizava cada vez mais depressa, o vento fustigava cada vez mais forte os cabelos dele, que pusera a cabeça para fora da janela, e a locomotiva mais veloz e veloz, cada vez mais implacável, exigia mais trilho, com um uivar insolente, ameaçador, e de repente Kátia foi como que arrancada do lugar, com a extremidade da plataforma...

VII

Começara fazia tempo o longo anoitecer de primavera, ensombrado por nuvens de chuva, o vagão pesado reboava no campo nu e fresco (a primavera nos campos estava apenas no início), os condutores caminhavam pelo corredor do vagão, pedindo as passagens e colocando velas nos lampiões, e Mítia ainda estava parado junto à janela que tremia, sentindo o cheiro da luva de Kátia, que lhe ficara sobre os lábios, ainda ardia todo no fogo intenso do momento derradeiro da separação. Erguia-se diante dele todo aquele comprido inverno moscovita, feliz e torturante, que lhe transformara completamente a vida, e aparecia banhado numa luz nova. E sob nova luz, mais uma vez, Kátia aparecia diante dele... Sim, sim, quem era ela, o que era? E o amor, a paixão, a alma, o corpo? O que é isto? Nada disso existia, o que existia era algo diverso, completamente diverso! Ali estava o cheiro da luva: será que Kátia também não era isso, o amor, a alma, o corpo? E os mujiques, os operários no vagão, a mulher que leva para o banheiro a sua criança disforme, as velas baças nos lampiões que tremem, o anoitecer nos campos vazios e primaveris — é tudo amor, alma, é tudo sofrimento e alegria inefável.

De manhã, chegaram a Oriol, houve baldeação para o trem provincial em uma plataforma afastada. E Mítia sentiu: que mundo singelo, tranquilo e familiar era aquele, em comparação com o de Moscou, que já fora para longe, aquele mundo cujo centro era Kátia, que parecia agora tão solitária, tão tocante, e era amada com tamanha ternura! Até o céu, pintado aqui e ali com o azul pálido das nuvens de chuva, até o vento eram ali mais singelos e tranquilos... De Oriol, o trem avançou sem pressa. Mítia, sentado no vagão quase vazio, também sem se apressar comia pão-de-mel de Tula. Depois, o trem se acelerou e, cansando Mítia, fê-lo dormir.

Acordou somente em Vierkhóvie. O trem estava parado, havia bastante gente e considerável agitação, mas aquilo também recendia a província. Sentia-se o odor agradável da cozinha da estação. Mítia tomou com gosto um prato de *schi*[10] e bebeu uma garrafa de cerveja, depois tornou a cochilar; sobreviera-lhe um cansaço pesado. E quando voltou a si, o trem corria por uma floresta primaveril de bétulas, era aquela floresta sua conhecida que precedia a última estação. Novamente, o anoitecer escurecia primaveril, pela janela aberta entrava um cheiro de chuva e como que de cogumelos. A floresta estava ali, ainda completamente nua, mas assim mesmo o reboar do trem repercutia nela mais distintamente que no campo, e ao longe apareciam já, primaveris, as luzinhas melancólicas da estação. Eis a luz alta e verde do semáforo, particularmente bela num escurecer desses, numa floresta de bétulas nua, e, barulhento, o trem começa a passar para outra linha... Meu Deus, como era rústico, simpático e lastimável aquele trabalhador que esperava o patrãozinho na plataforma!

O anoitecer e as nuvens adensavam-se cada vez mais, enquanto eles se afastavam da estação, através do povoado grande, lamacento e também ainda primaveril. Tudo se afogava nesse anoitecer extraordinariamente suave, na profundíssima quietude da terra, da noite tépida, que se fundira com

---

[10] Sopa de repolho. (N. do T.)

o escuro das nuvens de chuva, indefinidas e baixas, e novamente Mítia se admirava, contente: como era sossegada, singela e pobre a vida na roça, aquelas isbás enfumaçadas, sem chaminé, adormecidas havia muito — desde o dia da Anunciação a boa gente não acendia mais as luzes —, e como fazia bem sentir-se naquele mundo escuro e tépido da estepe!

O *tarantás*[11] mergulhava nas rodeiras, na lama, os carvalhos do quintal de um mujique rico alteavam-se ainda completamente despidos, hostis, negrejando com os ninhos das gralhas. Junto à isbá, estava parado e perscrutava a penumbra um mujique estranho, que parecia vindo de um tempo antigo: pés descalços, *armiák*[12] esfarrapado e um chapéu de pele de carneiro sobre os cabelos longos e lisos... Começou então a cair uma chuva morna, doce, aromática. Mítia pensou nas moças, nas jovens mulheres que dormiam naquelas isbás, em todo aquele mundo feminino de que ele se aproximara no inverno, em companhia de Kátia, e tudo se fundiu num só objeto: Kátia, as moças, a noite, a primavera, o cheiro da chuva, da terra lavrada pronta para a fecundação, o cheiro de suor de cavalo e a lembrança de um cheiro de luva de pelica...

---

[11] Antigo carro de quatro rodas. (N. do T.)
[12] Capote grosseiro de lã usado pelos mujiques. (N. do T.)

VIII

Na roça, a vida se iniciou com dias pacíficos, deliciosos. Naquela noite, no trajeto da estação para casa, Kátia como que empalidecera, diluíra-se em tudo o que o rodeava. Mas não, era apenas impressão, uma impressão que perdurou enquanto Mítia se recuperava das noites mal dormidas, voltava a si, acostumava-se com a novidade das impressões conhecidas desde a infância, da casa natal, da aldeia, da primavera nos campos, da nudez e do vazio primaveris do mundo, mais uma vez pura e juvenilmente pronto para um novo florescimento.

A propriedade era pequena, a casa, velha e sem luxo, o trem caseiro bastante singelo, não exigindo muita criadagem; começou então para Mítia uma vida sossegada. Sua irmã Ânia,[13] que estava no segundo ano ginasial, e seu irmão Kóstia,[14] adolescente e aluno de escola militar, estavam ainda em Oriol, estudando, e não deviam chegar antes do começo de junho. A mãe, Olga Pietrovna, estava ocupada, como sempre, com a administração da propriedade; auxiliada apenas pelo intendente — que os criados chamavam de *estárosta* —, ia frequentemente ao campo ou à cidade, e deitava-se para dormir apenas escurecia.

---

[13] Diminutivo de Ana. (N. do T.)
[14] Diminutivo de Konstantin. (N. do T.)

Quando Mítia, no dia seguinte à sua chegada, depois de dormir doze horas, lavado, de roupa bem limpa, saiu do seu quarto ensolarado — as janelas davam para o jardim, para o nascente — e passou pelos demais cômodos, sentiu-lhes vivamente o caráter familiar, bem como uma singeleza pacífica, que tranquilizava corpo e espírito. Em toda parte, tudo estava nos lugares de sempre, como estivera também muitos anos atrás, e emitia o mesmo cheiro conhecido e agradável; em toda parte, tudo fora arrumado para a sua vinda, em todos os quartos lavara-se o assoalho. Estavam também acabando de lavar o salão, que dava para o vestíbulo ou sala dos lacaios, como ainda costumavam chamá-lo. Uma jovem sardenta, diarista contratada na aldeia, em pé no peitoril da janela, junto à porta para o balcão, estendia o braço para a vidraça de cima e esfregava-a assobiando; a sua imagem refletia-se azul nas vidraças inferiores e parecia distante. A criada de quarto Paracha[15] retirara um pano grande de um balde de água quente e, descalça, de pernas brancas, caminhava pelo chão molhado, sobre os calcanhares miúdos; ela disse, numa fala veloz, amistosa e desembaraçada, enxugando o suor do rosto abrasado, com a dobra da manga arregaçada:

— Vá tomar chá, sua mãe foi para a estação com o *estárosta*, ainda antes de amanhecer, vai ver que o senhor nem ouviu...

E no mesmo instante, Kátia fez-se lembrar imperiosamente: Mítia se pilhou desejando aquele braço feminino desnudo e a curva feminina da moçoila na janela, que se estirava para cima, desejando a sua saia, sob a qual desapareciam as coluninhas firmes das pernas nuas, e sentiu com alegria o poderio de Kátia, o seu domínio sobre ele, percebeu a sua presença oculta em todas as impressões daquela manhã.

---

[15] Diminutivo de Praskóvia. (N. do T.)

E aquela presença se fazia sentir cada dia mais viva, tornando-se sempre mais bela à medida que Mítia voltava a si, tranquilizava-se e esquecia aquela Kátia cotidiana, que em Moscou com tamanha frequência e de modo tão torturante deixava de se fundir com a Kátia que o desejo dele criara.

IX

Era a primeira vez que ele vivia em casa como um adulto, a quem até sua mãe dispensava tratamento diverso do anterior, mas o mais importante era que já vivia com o primeiro amor autêntico em seu íntimo, realizando aquilo mesmo que todo o seu ser esperara secretamente, desde a infância e a adolescência.

Ainda na primeira infância, remexia-se nele, maravilhosa e misteriosamente, algo inexprimível em linguagem humana. Um dia, em alguma parte, devia ter sido também na primavera, no jardim, junto a moitas de lilás (ficara-lhe gravado na memória o cheiro penetrante das cantáridas), ele, que era tão pequeno, estava parado com uma mulher jovem, provavelmente sua babá, e de repente alguma coisa pareceu iluminar-se diante dele com uma luz celestial — não se lembrava se era o rosto da moça ou o sarafã[16] sobre o peito cheio — e algo atravessou-o numa onda cálida, agitou-se nele realmente como uma criança no ventre materno... Mas aquilo foi como que um sonho. Parecia sonho, também, tudo o que se seguira: a infância, a adolescência, os anos do ginásio. Houve períodos de arrebatamento peculiares, e que não se pareciam com nada mais, suscitados ora por uma, ora por outra daquelas meninas que iam com as mães às festas infan-

---

[16] Espécie de vestido sem mangas. (N. do T.)

tis em casa dele, e, também, uma secreta e ávida curiosidade em relação a cada movimento de uma daquelas pequenas criaturas enfeitiçadoras, que igualmente não se pareciam com nada mais, com seus vestidos, sapatinhos e laços de fita de seda sobre as cabecinhas. Houve ainda (isto bem mais tarde, numa capital de província) o arrebatamento, desta vez bem mais consciente, e que durou quase todo um outono, por uma pequena ginasiana que aparecia com frequência ao anoitecer numa árvore atrás do muro do jardim vizinho: a sua vivacidade, o espírito galhofeiro, o vestido marrom, o pentinho redondo no cabelo, as mãozinhas sujas, o riso, os seus gritos sonoros, era tudo de tal natureza que Mítia pensava nela de manhã à noite, entristecia-se, às vezes até chorava, desejando algo nela, incessantemente. Depois, isso também acabou por si só, foi esquecido, e houve novos arrebatamentos, mais ou menos prolongados, também secretos, houve alegrias e tristezas aguçadas em bailes de ginásio... certo langor no corpo, e no coração uma espera confusa, uma espera de algo...

Ele nascera e crescera no campo, mas no ginásio tivera de permanecer na cidade durante a primavera, com exceção de um ano, o antepenúltimo, quando, ao chegar à roça a fim de passar a *Máslienitsa*,[17] adoecera e depois ficara em casa, convalescendo em março e metade de abril. Foi uma época inesquecível. Passara umas duas semanas de cama, vendo pela janela somente o céu, a neve, o jardim com os seus troncos e ramos, e percebendo o aumento de luz e calor no mundo. Ele via: eis a manhã, e, no quarto, havia tanta luz e calor que já se arrastavam pelas vidraças as moscas reanimadas... eis a tarde, um dia depois: o sol atrás da casa, do outro lado, e na janela já apareciam a neve primaveril, esmaecida a ponto de ter reflexos azulados, e grandes nuvens brancas sobre

---

[17] Feriado da Igreja russa, que corresponde aproximadamente ao Carnaval. (N. do T.)

o azul, nos cimos das árvores... e eis, passado mais um dia, claros tão vivos no céu nublado e, nos troncos das árvores um brilho tão molhado, e havia gotas caindo de tal maneira do telhado sobranceiro à janela que dava vontade de olhar sempre, alegrando-se sem cessar... Vieram depois as neblinas tépidas, as chuvas, a neve foi derretida e devorada em poucos dias, o gelo do rio se pôs em movimento e a terra começou a negrejar alegre, renovada, a desnudar-se no jardim e no quintal... E Mítia conservou por muito tempo na lembrança um dia em fins de março, quando foi a cavalo para o campo da primeira vez. O céu luzia sem muita força, mas tão vivamente, com tamanho toque de juventude em meio às árvores pálidas, incolores, do jardim. No campo havia ainda um vento fresco, os restolhos apareciam selvagens e ruivos, e, nas partes em que já se fazia a lavra (para a semeadura da aveia) negrejavam leivas gordurosas, de um vigor primitivo. Avançou por aquelas leivas e restolhos, bem na direção da mata, via-a de longe ainda no ar puro, aquela mata nua, pequena, que aparecia de ponta a ponta, depois desceu para as suas valas e fez ressoar os cascos do cavalo sobre o profundo manto de folhas, acumulado no ano anterior, e que ora surgia seco, palhoso, ora molhado, marrom; atravessou ravinas cobertas por ele, onde ainda corria a água das cheias, e, enquanto isto, narcejas de um matiz moreno e dourado soltavam-se violentas e ruidosas debaixo das moitas, bem sob as patas do seu cavalo... O que era para ele toda aquela primavera, e sobretudo aquele dia no qual um vento tão fresco soprava ao seu encontro no campo, e o cavalo que, vencendo os restolhos embebidos de umidade e as leivas negras, respirava tão barulhento, com suas narinas largas, roncando e rugindo com o ventre, dando expansão a uma força magnífica e selvagem? Parecia então que justamente aquela primavera constituía o seu primeiro amor autêntico, os seus dias de apaixonado por alguém e por algo, quando ele amava todas as ginasianas e todas as moças do mundo. Mas como esse tempo lhe parecia distante agora! Em que medida ele fora então bem menino, inocente, de coração singelo, pobre nas suas modestas tristezas, alegrias e devaneios! O seu amor sem objeto, incorpóreo, de então tinha sido um sonho ou, melhor, a recordação de um sonho maravilhoso. Mas agora havia Kátia, havia uma alma que encarnara em si o mundo e que o dominava por inteiro.

X

Nesse primeiro período, Kátia se fez lembrar apenas uma vez, e de modo sinistro. De uma feita, já anoitecera quando Mítia saiu para um patamar nos fundos da casa. Estava tudo muito escuro e quieto, cheirava a campo úmido. Por trás das nuvens noturnas, sobre os delineamentos confusos do jardim, estrelas miúdas lacrimejavam. E de repente, ao longe, ululou algo selvagem, diabólico, soltando latidos e sons esganiçados. Mítia estremeceu, parou estupefato, depois desceu cauteloso a escadinha, entrou na alameda escura, que parecia guardá-lo hostilmente de todas as direções, tornou a parar e ficou à escuta, em posição de espera: o que era e onde estava aquilo que reboara de modo tão assustador e inesperado no jardim? Um mocho, a coruja da floresta, em seu ato de amor, e nada mais, pensou ele, mas ao mesmo tempo perdia o alento, como que sentindo nessa treva a presença invisível do próprio diabo. E de repente ressoou de novo aquele vociferar sonoro, que abalava todo o ser íntimo de Mítia; bem perto algo estalou nos cimos da alameda, e o diabo transferiu-se em silêncio para alguma outra parte do jardim. Ali a princípio latiu, depois começou a choramingar e prantear, lastimoso e súplice como uma criança, a bater as asas e gritar com um prazer atroz, a emitir sons esganiçados e a soltar um riso tão debochado, como se o estivessem torturando por meio de cócegas. Todo trêmulo, Mítia sondou a escuridão com os olhos e os ouvidos.

Mas o diabo de repente se calou, perdendo o fôlego e, tendo sulcado o jardim escuro com um clamor que expressava lassidão pré-agônica, desapareceu como se a terra o tivesse tragado. Depois de esperar em vão uma repetição desse horror amoroso, Mítia voltou quieto para casa, e a noite inteira se atormentou, enquanto dormia, com todos aqueles pensamentos horríveis e doentios em que o seu amor se transformara em março, em Moscou.

No entanto, de manhã, ao sol, os seus tormentos noturnos evolaram-se depressa. Lembrou-se de como Kátia chorava quando eles tinham resolvido firmemente que ele deveria afastar-se por algum tempo de Moscou, do entusiasmo com que ela se agarrara ao pensamento de que também ele chegaria à Crimeia no começo de junho, dos modos tocantes com que ela o ajudara nos preparativos de viagem, e de como fora despedir-se dele na estação... Tirou o retrato dela, ficou muito, muito tempo fitando a sua cabecinha elegante, espantado com a pureza e limpidez do seu olhar franco, sincero, ligeiramente redondo... Escreveu-lhe depois uma carta particularmente comprida e carinhosa, repleta de fé e confiança no amor que sentiam, e tornou a voltar à sensação contínua da permanência clara e amorosa de Kátia em tudo aquilo que fazia a sua vida, a sua alegria.

Lembrava-se do que experimentara por ocasião da morte do pai, nove anos antes. Também fora na primavera. No dia seguinte ao passamento, tendo atravessado timidamente, perplexo e assustado, o salão onde o pai estava deitado sobre a mesa, envergando o uniforme de nobre, com a barba rala que negrejava e o nariz branquejando, o peito saliente sobre o qual se cruzavam as mãos pálidas, Mítia saiu para o patamar da escada, lançou um olhar para a enorme tampa do caixão, junto à porta, forrado de brocado de ouro, e de repente sentiu: no mundo existia a morte! Ela estava em tudo: na luz do sol, na erva primaveril do quintal, no céu, no jardim... Foi para o jardim, para a alameda de tílias, a que a luz dava uma cor viva, depois para as alamedas laterais, ainda mais ensolaradas, ficou olhando as árvores e as primeiras borboletas brancas, ouvindo o gorjear delicioso dos primeiros pássaros, e não conseguiu reconhecer nada: estavam em tudo a morte, a terrível mesa do salão e aquela comprida tampa forrada de brocado que jazia no patamar da escada. Não era o mesmo o brilhar do sol, nem o verdejar do gramado, nem a imobilidade das borboletas sobre a grama nova, quente, por enquanto, apenas em cima; tudo era diferente do que fora na véspera, tudo se modificara como se o fim do mundo estivesse próximo; tornara-se triste, aflitivo, o encanto da primavera, da sua eterna juventude! Isto perdurou muito, toda a primavera, assim como se sentiu ainda muito tempo, ou teve-se a impressão de sentir, naquela casa lavada e que se ventilara vezes seguidas, um cheiro terrível, ignóbil, adocicado...

Mítia passava agora por uma alucinação semelhante, mas de natureza completamente diversa: aquela primavera, a primavera do seu primeiro amor, era também de todo diferente das primaveras anteriores. O mundo estava novamente transformado, novamente repleto de algo como que estranho, mas que não era hostil, nem terrível, e que, pelo contrário, fundia-se maravilhosamente com o júbilo e a juventude da primavera. Este elemento estranho era Kátia ou, melhor, o que havia de mais belo no mundo, e que Mítia queria, exigia dela. Agora, à medida que a primavera avançava, exigia dela mais e mais. E agora, quando ela não estava ali, e havia somente a sua imagem, uma imagem inexistente, apenas desejada, parecia não perturbar nada do que se exigia dela de puro e belo, e cada dia era sentida mais viva em tudo o que o olhar de Mítia tocava.

XI

Foi com alegria que ele se convenceu disso, já na primeira semana da sua estada ali. Era ainda uma espécie de véspera da primavera. Ele estava sentado com um livro, junto à janela aberta da sala de visitas e olhava por entre os troncos dos abetos e pinheiros no jardim para o riacho sujo que sulcava os pastos e para a aldeia sobre as encostas do outro lado do riacho; as gralhas ainda berravam nas bétulas nuas e centenárias no vizinho jardim senhorial, da manhã à noite, incansáveis, extenuando-se numa azáfama feliz, com aquela maneira que lhes é própria somente no início da primavera; era ainda selvagem e cinzento o aspecto da aldeia sobre as encostas, e apenas sarmentos de vinha cobriam-se ali de um verde amarelado... Ele ia para o jardim: também o jardim ainda estava baixo e desnudo, transparente — só as clareiras verdejavam, salpicadas de minúsculas flores turquesadas, as sarças cobriam-se de pelos ao longo das alamedas, e uma cerejeira branquejava pálida, com as suas flores esparsas, no pequeno vale da parte meridional, de baixo, do jardim... Ele saía para o campo: ali ainda predominavam o vazio, a cor cinza, os restolhos ainda emergiam como escovas, e os ressecados caminhos do campo ainda estavam roxos e grumosos... E tudo aquilo era a nudez da mocidade, do tempo de espera — e tudo aquilo era Kátia. E as moças diaristas, que executavam diferentes tarefas na propriedade, os trabalhadores na copa, a leitura, os passeios, as idas à aldeia para visitar mujiques conhecidos, as conversas com a mãe, as excursões ao campo, numa aranha,[18] em companhia do *estárosta* (um soldado reformado alto e grosseiro), tudo isso parecia-lhe não ter outra finalidade senão distraí-lo.

Passou mais uma semana. Uma noite, caiu uma chuva torrencial, e em seguida um sol cálido se armou, num átimo, com toda a sua força; a primavera perdeu sua doçura e palidez, e tudo em volta passou a transformar-se não dia a dia, mas de hora em hora. Começaram a lavrar os campos de restolhos, a transformá-los num veludo negro, as orlas dos campos passaram a verdejar, o gramado do pátio tornou-se mais suculento, o céu cobriu-se de um azul mais denso e mais vivo, o jardim entrou a vestir-se de um verde fresco, macio à vista de olhos, os cachos cinzentos do lilá tornaram-se roxos e adquiriram aroma, e já apareceu sobre a sua folhagem verde-escura, lustrosa, e nas manchas cálidas de luz dos caminhos, um sem-número de moscas graúdas, de um brilho azul e metálico. Nas macieiras e pereiras ainda se viam os ramos, nelas apenas despontava uma folhagem miúda, acinzentada e particularmente macia, mas essas macieiras e pereiras, que por toda parte estendiam sob outras árvores as redes dos seus ramos tortos, assim mesmo já estavam frisadas com uma neve láctea, e essa florescência tornava-se dia a dia mais branca, mais densa e aromática. Nessa época maravilhosa, Mítia observava, alegre e concentrado, todas essas modificações primaveris, que ocorriam à sua volta. Todavia, Kátia não só não se retirava, não se perdia em meio a elas, mas, pelo contrário, participava de todas aquelas modificações, acrescentando a tudo a sua pessoa, a sua beleza, que desabrochava com o desabrochar da primavera, com aquele jardim que branquejava cada vez mais magnífico, com aquele céu que se azulava, cada vez mais escuro.

---

[18] Pequena carruagem de duas rodas. (N. do T.)

XII

Eis que um dia, ao sair para tomar chá no salão repleto do sol que precede o anoitecer, Mítia viu inesperadamente junto ao samovar a correspondência que ele esperara em vão toda a manhã. Acercou-se depressa da mesa — Kátia já devia ter respondido desde muito tempo a pelo menos uma das cartas que lhe enviara — e brilhou-lhe aos olhos, com luz viva e assustadora, um pequeno e elegante envelope, sobrescritado com aquela pobre letra que ele conhecia. Agarrou-o e caminhou para fora da casa, atravessando depois o jardim, pela alameda principal. Foi para a parte mais afastada do jardim, onde se formava um pequeno vale, deteve-se, olhou em volta e rasgou apressado o envelope. A carta era curta, algumas linhas ao todo, porém Mítia teve de lê-las umas cinco vezes para finalmente compreendê-la — tão forte lhe batia o coração. "Meu amado, meu único!" — lia e relia ele, e essas exclamações faziam com que a terra lhe deslizasse sob os pés. Ergueu os olhos: alegre e triunfal, o céu brilhava sobre o jardim: o jardim luzia em volta, com a sua brancura de neve: um rouxinol, que já sentia o friozinho do anoitecer, gorgeava com força, com toda a doçura da embriaguez dos rouxinóis, entre o verde fresco das moitas afastadas — e o sangue refluiu-lhe do rosto, sentiu um formigar nos cabelos...

Caminhou para casa devagar — a taça do seu amor estava cheia até a borda. E foi com a mesma cautela que ele a carregou em si também nos dias seguintes, esperando, tranquilo e feliz, uma nova carta.

XIII

Passaram-se os dias, mas não vinha a carta desejada.
O jardim cobria-se de vestimenta variada.

O bordo enorme e velho, que dominava toda a parte meridional do jardim, e que se via de todos os lados, tornara-se ainda maior e mais visível, pois se vestira de um verdor denso e fresco.

Mais alta e mais visível, igualmente, tornara-se a alameda principal para a qual Mítia olhava continuamente das janelas do seu quarto: os cimos das suas velhas tílias, que também se tinham coberto, embora transparentes ainda, de um desenho de folhagem juvenil, levantaram-se e distenderam-se sobre o jardim, como uma platibanda verde-clara.

E abaixo do bordo, abaixo também da alameda, havia um todo encaracolado, de flores cremosas e aromáticas.

E tudo aquilo, o cimo enorme e tufoso do bordo, a platibanda verde-clara da alameda, o branco nupcial das macieiras, das pereiras e das cerejeiras, o sol, o azul do céu, tudo o que se expandia em vegetação nas partes baixas do jardim, no pequeno vale, ao longo das alamedas laterais e dos caminhos, e sob o alicerce da parede meridional da casa, isto é, as moitas de lilá, de acácia e de groselheira, as bardanas, as urtigas, as artemísias, tudo impressionava com sua espessura, seu frescor e novidade.

A vegetação que avançava de todos os lados tornara como que mais acanhado o quintal limpo e verde, a casa ficara como que menor e mais bonita. Ela parecia esperar visitas — dias a fio, estavam abertas as portas e janelas de todos os compartimentos: no salão branco, na sala de visitas, azul e fora da moda, na pequena sala dos divãs,[19] também azul e ornada de miniaturas ovais, e na biblioteca ensolarada, um quarto grande e vazio, numa das esquinas da casa, tendo velhos ícones no canto da frente e, ao longo das paredes, armários baixos de freixo, para livros. E em toda parte, espiavam para dentro dos quartos, festivas, as árvores que se tinham aproximado da casa, de um verde variegado, ora claras, ora escuras, e com um azul vivo entre os ramos.

Mas a carta não vinha. Mítia conhecia a incapacidade epistolar de Kátia, e sabia como lhe era sempre difícil sentar-se à escrivaninha, encontrar a pena, o papel, o envelope, e, sobretudo, não se esquecer de comprar o selo e de parar junto a uma caixa de correio. Mas as considerações sensatas, mais uma vez, pouco ajudavam. Desaparecera a confiança feliz, orgulhosa até, com que por alguns dias esperara a segunda carta; ele sofria e inquietava-se cada vez mais. Na verdade, uma carta como aquela primeira deveria ser seguida, sem mais demora, por algo ainda mais belo e jubiloso. Mas Kátia permanecia calada.

Ele passou a ir mais raramente à aldeia, ao campo. Ficava na biblioteca, folheando revistas que, havia já dezenas de anos, amareleciam e se ressecavam nos armários. Encontravam-se naquelas revistas muitos versos magníficos de velhos poetas, muitas linhas maravilhosas, que tratavam quase sempre do mesmo assunto — daquilo de que estão repletos todos os versos e canções desde o começo do mundo, aquilo que também agora fazia viver a sua alma, e que ele podia invariavelmente, de uma ou de outra maneira, relacio-

---

[19] Nas velhas casas senhoriais russas, saleta especial para a sesta, mobiliada com divãs. (N. do T.)

nar a si mesmo, ao seu amor, a Kátia. Passava horas a fio na poltrona, junto a um armário aberto, e atormentava-se, lendo e relendo:

> *Todos dormem, minha amiga, vamos ao jardim umbroso!*
> *Todos dormem, e as estrelas solitárias nos espiam...*[20]

Essas palavras de encantamento, esses apelos pareciam ser os seus próprios, e estavam agora como que dirigidos a uma única pessoa, àquela que ele, Mítia, via invariavelmente em tudo e em toda parte, e ressoavam às vezes quase ameaçadores:

> *Sobre as águas lisas, belas,*
> *Cisnes batem suas asas,*
> *Vê-se o rio a ondular.*
> *Oh, vem cá! Brilham estrelas,*
> *As folhas tremem no ar,*
> *Nuvens vêm, dormem as casas...*[21]

Fechando os olhos, ficava transido de frio, e repetia algumas vezes seguidas este apelo, este chamado do coração, repassado de força amorosa, ansioso por seu triunfo, pelo seu feliz desfecho. Depois, passava muito tempo olhando diante de si, ouvia o profundo silêncio campestre que rodeava a casa, e meneava a cabeça com amargura. Não, ela não respondia, ela brilhava silenciosa, em alguma parte por lá,

---

[20] Trecho de um poema do poeta russo Afanássi Fiet (1820-1892). (N. do T.)

[21] Excerto do poema "Vocação", de Ivan Turguêniev (1818-1883). (N. do T.)

naquele estranho e distante mundo moscovita! E novamente a ternura refluía-lhe do coração, novamente crescia e expandia-se este ameaçador, sinistro, encantador:

Oh, vem cá! Brilham estrelas,
As folhas tremem no ar,
Nuvens vêm, dormem as casas...

XIV

De uma feita, tendo cochilado depois do almoço (almoçava-se ao meio-dia), Mítia saiu de casa e, sem se apressar, dirigiu-se ao jardim, onde, muitas vezes, havia moças trabalhando, procedendo à sachadura das macieiras. Estavam ali também agora. Mítia sentava-se perto delas, tagarelava um pouco — isto já se tornava um hábito.

O dia estava cálido e tranquilo. Ele foi caminhando em meio à sombra contínua da alameda, e via ao redor, até bem longe, ramos tufosos e brancos como a neve. A floração das pereiras era particularmente densa e vigorosa, e a mistura dessa branquidão e do azul vivo do céu dava um reflexo violáceo. Macieiras e pereiras floriam e perdiam as flores, a terra revolvida sob as copas estava semeada de pétalas murchas. Sentia-se no ar tépido o seu cheiro suave, adocicado, juntamente com o cheiro do estrume aquecido, em fermentação no curral. Vinha às vezes uma nuvenzinha, o céu azul clareava, e o ar morno e aqueles cheiros de decomposição tornavam-se ainda mais suaves e doces. E toda aquela calidez aromática do paraíso primaveril zunia, entorpecida e ditosa, de zangões e abelhas, que se enterravam em sua neve melífica e frisada. E o tempo todo, imerso num tédio feliz, inerente a essas horas, gorjeava um rouxinol, ora aqui, ora ali.

A alameda terminava ao longe, com o portão para a eira. À esquerda, à distância, num canto do talude do jardim, verdejava um bosquete de abetos. Junto ao talude, duas moças apareciam coloridas entre as macieiras. Como de costume, desde a metade da alameda Mítia enveredou em direção a elas; inclinando-se, caminhou entre os ramos baixos e espalhados, que recendiam a mel e como que a limão e lhe tocavam o rosto com meiguice feminina. E, como de costume, uma das moças, a ruiva e magra Sonka,[22] apenas o avistou pôs-se a dar gargalhadas e gritar.

— Ui, aí vem o patrão! — exclamou, fingindo susto, e, pulando do ramo grosso de pereira em que estivera descansando, correu para a pá.

A outra moça, Glachka,[23] pelo contrário, fingiu nem perceber a presença de Mítia, e, sem se apressar, pondo firmemente sobre a pá de ferro o seu pé envolto num calçado macio de feltro negro, dentro do qual tinham caído pétalas brancas, penetrando energicamente com a pá no solo e revirando o naco formado, cantou sonoramente, com a sua voz forte e agradável: "Ah jardim, meu jardim, para quem tu floresces?". A moça era alta, um tanto masculinizada e estava sempre séria.

Mítia aproximou-se, sentando-se no lugar de Sonka, sobre um velho galho de pereira. Sonka lançou-lhe um olhar vivo e perguntou, com uma alegria e um desembaraço fingidos:

— Então, foi só agora que se levantou? Cuidado, não vá descuidar dos seus negócios!

Mítia agradava-lhe, e ela procurava ocultá-lo de todas as maneiras, mas não conseguia, ficava encabulada na presença dele, dizia o que lhe vinha à cabeça, sempre, no entanto, com alusões a algo, adivinhando confusamente: a distração que Mítia manifestava, quer chegando, quer partindo,

---

[22] Diminutivo de Sônia. (N. do T.)

[23] Diminutivo de Glafira. (N. do T.)

não era casual. Suspeitava que Mítia tivesse algo com Paracha, ou que, pelo menos, estivesse tentando, tinha ciúmes, e falava com ele ora carinhosa, ora abruptamente, olhava-o ora com langor, dando a compreender os seus sentimentos, ora com frieza e hostilidade. E tudo isto dava a Mítia um estranho prazer. Não havia meio de a carta chegar, ele agora nem vivia mais, apenas existia de um dia a outro, numa espera incessante, sofrendo cada vez mais com essa espera e com a impossibilidade de partilhar com alguém o segredo do seu amor e tormento, falar de Kátia, das suas esperanças sobre a estada na Crimeia, e por isto as indiretas de Sonka sobre um certo amor que ele teria eram-lhe agradáveis; apesar de tudo, aquelas conversas pareciam referir-se ao segredo que o fazia sofrer no íntimo. Perturbava-o também o fato de Sonka amá-lo e, por conseguinte, ser em parte chegada a ele, o que a tornava uma espécie de cúmplice da vida amorosa de sua alma, e às vezes chegava a infundir-lhe a esperança estranha de que fosse possível encontrar em Sonka uma confidente do que ele sentia, ou certa substituição a Kátia.

Mais uma vez, sem suspeitar sequer, Sonka tornara a aludir ao seu segredo: "Cuidado, não se descuide dos seus negócios!". Olhou ao redor. O maciço compacto, verde-escuro, do bosquete de abetos, que estava diante dele, parecia, devido à luminosidade do dia, quase preto, e o céu, entremeado aos cimos agudos, surgia com um azul especialmente magnífico. O verde jovem das tílias, bordos e olmos, transpassado de sol, que penetrava nele em toda a extensão, formava no jardim inteiro uma cobertura leve e alegre, polvilhava a erva, os caminhos e as clareiras, de sombras vivas e manchas coloridas; a florada quente e aromática, que branquejava sob aquela cobertura, parecia de porcelana, brilhava e luzia nas partes em que o sol também penetrava nela. Sorrindo sem querer, Mítia perguntou a Sonka:

— Mas, de que negócios posso eu descuidar-me dormindo? A desgraça está justamente em que não tenho em vista nenhum negócio.

— Fique quieto, não precisa jurar nada, eu vou acreditar mesmo sem isto! — gritou-lhe Sonka em resposta, num tom alegre e rude, que lhe proporcionou prazer mais uma vez, com aquela recusa de acreditar que ele não tinha um caso de amor; e tornou a berrar, enxotando com a mão um bezerro ruivo, com um fiapo de pelos brancos e crespos na testa, que saíra devagar do bosquete de abetos, acercara-se dela por trás e pusera-se a mastigar a fímbria do seu vestido de chita:

— Ah, deixe-me em paz! Bonito filhinho Deus me mandou!

— É verdade que estão querendo casar você? — perguntou Mítia, não sabendo o que dizer e querendo continuar a conversa. — Dizem que o rapaz é bonito, de família rica, mas que você recusou, que não obedece a seu pai...

— É rico, mas tolo, na cabeça dele anoitece bem cedo — respondeu vivamente Sonka, um tanto lisonjeada. — É possível que eu esteja pensando num outro...

A séria e calada Glachka meneou a cabeça, sem interromper o trabalho:

— Você tagarela, menina! — disse ela baixo. — Está aí soltando umas lorotas, meio dormindo meio acordada, e depois, na aldeia, vão fazer a sua fama...

— Fique quieta aí, não cacareje! — gritou Sonka. — Não sou uma gralha; me defendo sozinha, isso não me atrapalha!

— Mas em que outro você está pensando? — perguntou Mítia.

— Muito bem, tenho de confessar! — disse Sonka. — Apaixonei-me pelo velho pastor de vocês. Quando o vejo, fico em fogo da cabeça ao calcanhar! Não sou pior que vocês, estou sempre montando cavalos velhos — disse ela provocante, aludindo provavelmente a Paracha, que já tinha vinte anos, e na aldeia era considerada uma solteirona.

E, jogando de súbito a pá de lado, com uma ousadia a que ela parecia ter algum direito, em virtude do seu amor secreto pelo filho dos patrões, sentou-se no chão, distendeu e abriu ligeiramente as pernas, calçadas de velhas botas, curtas e grosseiras, e meias de lã branca e preta, deixando descair as mãos em desalento.

— Ah, não fiz nada ainda, e já estou cansada! — gritou, rindo. — Tenho botas ordinárias — cantou, com voz penetrante:

Tenho botas ordinárias,
Bicos de verniz

e tornou a gritar, rindo:

— Venha descansar comigo na cabana, eu sou muito boazinha!

Aquele riso contagiou Mítia. Ele pulou do galho em que se sentara, teve um sorriso largo e desajeitado, e, acercando-se de Sonka, deitou-se, pondo a cabeça no seu colo. Sonka empurrou-a, mas ele tornou a colocá-la ali, pensando novamente em versos que lera muito nos últimos dias:

Forte e feliz — vejo — a rosa
Abre o rolete donosa,
Toda em orvalho e palor,
E incompreendido, infinito,
Aromático, bendito,
Vejo este mundo do amor...[24]

---

[24] Trecho do poema "Rosa", de Afanássi Fiet. (N. do T.)

— Não me toque! — gritou Sonka, desta vez de fato assustada, procurando erguer e empurrar a cabeça dele. — Senão, vou gritar tanto que todos os lobos da mata começarão a uivar! Não tenho mais nada para o senhor, o meu fogo já ardeu, mas se apagou!

Mítia fechou os olhos, calado. Fragmentando-se através da folhagem, dos ramos e das flores de pereira, os raios de sol coloriam-lhe o rosto de manchas quentes, faziam-lhe cócegas. Sonka deu-lhe um puxão malicioso e meigo nos cabelos pretos e crespos. "São que nem os de um cavalo!" — gritou-lhe e cobriu-lhe os olhos com o quepe. Ele sentia sob a nuca as pernas de Sonka — a coisa mais terrível no mundo, umas pernas de mulher! —, a barriga da moça tocava sua nuca, sentia o cheiro da saia de chita e da blusa, e tudo isto se misturava com o jardim em flor e com Kátia; o lânguido gorjear dos rouxinóis, longe e perto, o zunir ininterrupto, voluptuoso e modorrento, de inúmeras abelhas, o ar tépido e doce e até a simples sensação de terra sob as costas atormentavam-no com a ânsia de uma felicidade sobre-humana. E de repente algo farfalhou no bosquete, deu uma gargalhada alegre e maldosa, em seguida estrilou sonoramente: "cu-co! cu-co!" — de modo tão sinistro, tão saliente, próximo e nítido, que se ouvia até o rouquejar, o tremor, da linguinha pontuda do pássaro, e ao mesmo tempo o desejo que tinha de Kátia, o desejo, a exigência de que ela lhe proporcionasse, sem mais demora e custasse o que custasse, precisamente aquela felicidade sobre-humana, envolveu-o com tamanha violência, que Mítia, para o grande espanto de Sonka, ergueu-se bruscamente e afastou-se com grandes passadas.

Ao mesmo tempo que sentia aquele desejo frenético, a exigência da felicidade, e enquanto ouvia aquela voz sonora, que ressoara de súbito com tão terrível clareza bem em cima de sua cabeça, no bosquete, e que parecia ter penetrado até o fundo no seio de todo aquele mundo primaveril, ele imaginou de repente que a carta não viria nem poderia vir, que em Moscou acontecera algo ou ia acontecer, de um instante a outro, e que ele estava perdido para sempre!

XV

Em casa, parou um momento diante do espelho do salão. "Ela tem razão", pensou, "mesmo que os meus olhos não sejam bizantinos, são pelo menos loucos. E esta magreza, esta compleição desengonçada, grosseira, ossuda, esta angulosidade sombria das sobrancelhas, o negro áspero dos cabelos, de fato quase cavalares, como disse Sonka!"

Mas, atrás, ouviu-se o passo ligeiro de uns pés descalços. Virou-se encabulado:

— Deve estar apaixonado, não para de se olhar no espelho — disse Paracha, num tom brincalhão e carinhoso, passando a correr ao lado dele, a caminho do balcão, tendo nos braços um samovar fervente.

— Sua mãe o procurou — acrescentou ela, colocando com um gesto violento o samovar sobre a mesa arrumada para o chá, e, voltando-se, lançou a Mítia um olhar rápido e penetrante.

"Todos sabem, todos adivinham!", pensou Mítia e, fazendo um esforço, perguntou:

— E onde ela está?

— No quarto.

O sol tinha dado a volta sobre a casa, e, passando para o céu ocidental, espiava reverberante sob os abetos e pinheiros que sombreavam o balcão, com os seus ramos e agulhas. Embaixo deles, as moitas de evônimo também brilhavam vítreas, de modo bem estival. A toalha de mesa luzia, coberta de uma sombra ligeira, e, aqui e ali, manchas cálidas de luz. Vespas rodopiavam sobre um cestinho de pão branco, sobre um vaso facetado, contendo geleia, e sobre as xícaras. E todo aquele quadro falava do belo verão na roça e de como se poderia ser feliz, despreocupado. Procurando antecipar-se à mãe, que, naturalmente, não compreendia menos que os demais a situação dele, e para mostrar que não tinha nenhum segredo penoso no íntimo, Mítia foi da sala para o corredor, para o qual davam as portas do seu quarto, do quarto de sua mãe e de dois outros, onde no verão se hospedavam Ânia e Kóstia. O corredor estava em penumbra, e o quarto de Olga Pietrovna permanecia imerso numa luz azulada, todo atravancado, embora de modo aconchegante, com os móveis mais antigos da casa: pequenos armários, cômodas, uma grande cama e um oratório, diante do qual, como de costume, havia uma chama votiva, não obstante Olga Pietrovna jamais manifestasse especial religiosidade. Além das janelas abertas, uma sombra escura cobria o canteiro de flores mal cuidado; à entrada da alameda principal, depois da sombra, verdejava e branquejava festivo o jardim iluminado em cheio. Não olhando essa vista conhecida desde muito tempo, os olhos com óculos dirigidos para o seu trabalho de malha, Olga Pietrovna, mulher alta e magra, escura e séria, quarentona, estava em sua poltrona junto da janela, e manejava depressa a agulha.

— Você perguntou por mim, mamãe? — disse Mítia, entrando e parando junto à porta.

— Nada de especial, só queria ver você. Agora eu só vejo você na hora do almoço — respondeu Olga Pietrovna, sem interromper o trabalho e numa voz excessivamente tranquila.

Mítia lembrou-se de que, no dia nove de março, Kátia dissera-lhe que por alguma razão temia a mãe dele, e lembrou-se também do significado secreto, encantador, que sem dúvida havia em suas palavras. Murmurou confuso:

— Mas talvez quisesse dizer-me alguma coisa?

— Nada, a não ser que, segundo me parece, você anda triste estes últimos dias — observou Olga Pietrovna. — Quem sabe você quer dar uma volta... por exemplo, ir à casa dos Miechtchérski... que está cheia de moças casadeiras — acrescentou, sorrindo — e em geral, na minha opinião, é uma família muito simpática e afável.

— Por estes dias irei lá com prazer — respondeu Mítia com dificuldade. — Mas vamos tomar chá, ali no balcão é tão agradável... E ali mesmo vamos conversar — disse ele, sabendo muito bem que, de discrição e inteligência penetrante, a mãe não voltaria mais àquela conversa inútil.

Ficaram no balcão quase até o pôr do sol. Depois do chá, Olga Pietrovna continuou ocupada com o trabalho de malha e falou, ainda, dos vizinhos, da administração da propriedade, de Ânia e Kóstia. Ânia tinha mais uma vez exame de segunda época em agosto! Mítia ficou ouvindo, de quando em quando respondia, mas o tempo todo sentia algo semelhante ao que experimentara antes da sua partida de Moscou: que estava mais uma vez como que embriagado, em virtude de uma doença grave, cuja natureza desconhecia.

Ao anoitecer, passou umas duas horas caminhando sem parar pela casa, de um canto a outro, dando voltas pelo salão, a sala de visitas, a sala dos divãs e a biblioteca, até a janela do sul, aberta para o jardim. Nas janelas do salão e da sala de visitas, o ocaso avermelhava-se suave entre os ramos dos abetos e pinheiros, ouviam-se as vozes e o riso dos operários, que se reuniam para o jantar, perto da copa. Pela janela da biblioteca, o azul igual e esmaecido do céu do começo da noite, tendo sobre ele uma estrela imóvel e rósea, espiava para a enfiada dos quartos; sobre este azul, desenhavam-se pitorescos o cimo verde do bordo e a brancura, que parecia invernal, de tudo aquilo que floria no jardim. E ele caminhava sem parar, não se preocupando mais com o que poderiam pensar sobre isto. Tinha os dentes cerrados com tanta força que lhe doía a cabeça.

XVI

A partir desse dia, deixou de acompanhar todas as transformações que, à sua volta, realizava o verão já próximo. Ele via e até sentia essas transformações, mas elas tinham perdido para ele todo o seu valor independente, e não lhe causavam senão um prazer doloroso: quanto mais belo era tudo, mais ele sofria. Kátia já se tornara uma verdadeira alucinação; ela estava agora em tudo e atrás de tudo, até o absurdo, e, visto que todo dia novo confirmava de maneira mais terrível que ela não existia mais para ele, Mítia, que ela já estava sob o domínio estranho de um outro, e entregava a outro, a um desconhecido, a sua pessoa e o seu amor, que deviam pertencer integralmente a ele, Mítia, tudo no mundo passou a parecer desnecessário, doloroso e tanto mais doloroso e desnecessário quanto mais belo.

Passava as noites quase em claro. Era incomparável o encanto dessas noites de luar. O jardim noturno e lácteo permanecia quieto, quieto. Os rouxinóis noturnos cantavam cautelosos, desfalescendo de volúpia, competindo entre si quanto à doçura e sutileza das canções, quanto à sua pureza, perfeição e sonoridade. E uma lua suave, terna, completamente pálida, pairava baixo sobre o jardim, acompanhada invariavelmente pela onda fina e inefavelmente bela das nuvens azuladas. Mítia dormia sem baixar as cortinas das janelas, e o jardim e o luar espiavam por elas a noite inteira. E toda vez, apenas abria os olhos e lançava um olhar à lua, proferia mentalmente como numa obsessão: "Kátia!" — e era tamanho o êxtase, tamanha a dor, que ele mesmo ficava estupefato; realmente, com o que a lua podia lembrar-lhe Kátia? Mas ela bem que a lembrara, e, o que era mais surpreendente, lembrara-a inclusive com algo visual! E por vezes simplesmente não via nada: o desejo de Kátia, as recordações daquilo que tinha ocorrido entre eles em Moscou apoderavam-se dele com tamanha força que tremia todo em febre, pedindo a Deus — e sempre em vão! — para vê-la em sua companhia, naquela cama, ainda que fosse em sonho. Certa feita, no inverno, estivera com ela no Teatro Bolchói, para ouvir o *Fausto*, representado por Sóbinov e Chaliápin.[25] Nessa noite, por algum motivo, tudo lhe parecia especialmente maravilhoso: o precipício iluminado que se abria sob eles, e que já estava cálido e perfumado devido à multidão; as fileiras dos camarotes, de um vermelho aveludado, orlados de ouro e repletos de trajes brilhantes; o brilho aperolado do lustre gigantesco suspenso sobre aquele precipício; e os sons da *ouverture*, que escorriam embaixo, ao longe, sob os gestos do regente da orquestra, ora retumbantes, diabólicos, ora infinitamente carinhosos e tristes: "Vivia em Thule um rei bondoso...".[26] Ao acompanhar Kátia para Kíslovka depois do espetáculo, sob o frio intenso de uma noite de luar, Mítia ficara até muito tarde em casa da moça, enlanguescera-se particularmente com os beijos, e levara consigo a fita de seda com que ela amarrava a trança antes de dormir. Agora, nessas torturantes noites de maio, ele chegara ao ponto de não poder nem pensar nessa fita, guardada em sua escrivaninha, sem estremecer.

---

[25] Referência aos cantores líricos Leonid Sóbinov (1872-1934) e Fiódor Chaliápin (1873-1938), muito famosos na época. (N. do T.)

[26] Primeiro verso do poema "Canção do rei de Thule", de Goethe, musicado por Gounod e vários outros compositores. (N. do T.)

Dormia de dia, depois ia a cavalo ao povoado onde ficavam a estação ferroviária e a agência do correio. O tempo mantinha-se bonito. Chovia às vezes, passavam rápidas as tempestades e os aguaceiros, depois voltava a brilhar um sol abrasador, que realizava incessantemente a sua urgente tarefa nos jardins, nos campos e nas matas. O jardim perdia as flores, mas, em compensação, continuava a adensar-se violentamente e a escurecer. As matas já se afogavam em flores sem conta, em ervas altas, e a sua profundeza sonora chamava incessantemente para dentro da massa verde, com a voz dos rouxinóis e dos cucos. Já havia desaparecido a nudez dos campos, coberta totalmente pelos brotos ricos e variados dos cereais. E Mítia ficava dias inteiros perdido nesses campos e florestas.

Tinha demasiada vergonha de passar todas as manhãs no terraço ou no quintal, numa espera infrutífera do *estárosta* ou de um trabalhador, que vinham do correio. Ademais, o *estárosta* e os trabalhadores nem sempre tinham tempo de viajar oito verstas atrás de algo insignificante. Então ele começou a ir ao correio. Mas ele também voltava invariavelmente para casa apenas com um número do jornal de Oriol ou com uma carta de Ânia, de Kóstia. E o seu sofrimento começou a atingir o limite derradeiro. Os campos e florestas que atravessava oprimiam-no a tal ponto com a sua beleza, a sua felicidade, que ele passou a sentir em alguma parte do peito uma dor que era até física.

Uma feita, ao anoitecer, estava voltando do correio através de uma propriedade vizinha vazia, rodeada por um velho parque, e este se fundia com a floresta de bétulas circundante. Estava indo pela avenida de Gala, nome dado pelos mujiques à alameda principal daquela propriedade. Era formada por duas filas de enormes abetos negros. Magnífica e sombria, larga, toda coberta por uma camada grossa de agulhas avermelhadas e escorregadias, levava a uma casa antiga que se via no fundo daquele corredor. A luz vermelha, seca e tranquila do sol, que se punha à esquerda, atrás do parque e da mata, iluminava de viés por entre os troncos a parte baixa do corredor, e brilhava sobre a sua cobertura dourada de agulhas. Em volta reinava um silêncio tão enfeitiçado — somente os rouxinóis faziam ressoar o seu canto de uma extremidade a outra do parque —, era tão doce o aroma dos abetos e dos jasmins, cujas moitas rodeavam cerradas a casa, e Mítia sentiu uma felicidade tão grande — uma felicidade de outrem, de tempos passados — em tudo aquilo, e apareceu-lhe de repente com uma nitidez tão terrível Kátia na imensa e antiga varanda, em meio às moitas de jasmim, na figura de sua jovem esposa, que ele próprio sentiu uma palidez mortal crispar-lhe o rosto, e disse então com firmeza em voz alta, que ressoou em toda a alameda:

— Se a carta não chegar dentro de uma semana, eu me mato!

XVII

No dia seguinte, acordou tarde. Depois do almoço, ficou sentado no terraço, um livro sobre os joelhos, olhando as páginas cobertas de letras, e pensando embotado: "Ir ou não ir ao correio?".

Fazia calor, borboletas brancas revoluteavam perseguindo-se aos pares sobre a grama quente e sobre o evônimo de brilho vítreo. Ficou acompanhando as borboletas com os olhos e interrogando-se novamente:

— Ir, ou suspender de uma vez essas idas vergonhosas?

Vindo do sopé da montanha, o *estárosta* apareceu à entrada do jardim, montando um garanhão. Olhou o terraço e dirigiu-se bem para ele. Aproximando-se, deteve o cavalo e disse:

— Bom dia. Ainda lendo?

Sorriu, lançou um olhar ao redor.

— Sua mãe está dormindo? — perguntou a meia-voz.

— Acho que sim — respondeu Mítia. — Mas o que deseja?

O *estárosta* calou-se um pouco, e de repente disse, sério:

— Ora, patrãozinho, o livro é uma boa coisa, mas é preciso ter tempo para tudo. Por que está vivendo que nem padre? Por acaso tem poucas mulheres e moças?

Mítia não respondeu e baixou os olhos sobre o livro.

— Onde você esteve? — perguntou, sem olhar.

— Estive no correio — disse o *estárosta*. — E, é claro, lá não tinha nenhuma carta, só um jornalzinho.

— Por que "é claro"?

— Porque isto quer dizer que ainda não acabaram de escrever — respondeu o *estárosta* em tom grosseiro, zombeteiro, ofendido por Mítia não ter mantido a conversa. — Aí está, faça-me o favor — disse, estendendo o jornalzinho para Mítia, tocou o cavalo e afastou-se.

— Vou me matar! — pensou Mítia decidido, olhando para o livro sem ver nada.

XVIII

Mítia, naturalmente, não podia deixar de compreender que não se imaginaria nada mais absurdo do que isto: suicidar-se, esmigalhar o crânio, interromper abruptamente o bater de um coração jovem e vigoroso, interromper o pensar e o sentir, ensurdecer, cegar-se, desaparecer daquele mundo inefavelmente belo, que somente nessa ocasião, pela primeira vez, abrira-se todo diante dele, perder num só instante e para sempre qualquer participação naquela mesma vida em que existiam a pessoa de Kátia e o verão que chegava, o céu, as nuvens, o sol, o vento morno, os cereais nos campos, os povoados e aldeias, as moças, mamãe, a propriedade rural, Ânia, Kóstia, os versos nas velhas revistas, e em alguma parte, ao longe, Sebastópol, o desfiladeiro de Baidar, as montanhas abrasadas e roxas, com suas florestas de pinheiros e de faias, a estrada real de um branco deslumbrante e onde o calor é de sufocar, os jardins de Livádia e de Alupka, a areia superaquecida junto ao mar brilhante, crianças e banhistas queimados, e novamente Kátia, de branco e sob um para-sol branco, sentada sobre uma pedra bem junto às ondas, que cegavam com seu brilho e suscitavam um sorriso involuntário de felicidade sem causa...

Ele compreendia isto, mas o que fazer? Como arrancar-se e para onde ir fora daquele círculo enfeitiçado, onde tudo era tanto mais doloroso e intolerável quanto mais belo? E precisamente isso estava acima das suas forças: a felicidade com que o mundo o oprimia, à qual faltava algo e que era o mais necessário.

Acordava de manhã, e o primeiro que lhe batia nos olhos era o sol festivo; o primeiro som que ouvia era o repicar festivo, conhecido desde a infância, da igreja da aldeia, ali, atrás do jardim orvalhado, repleto de sombra e de brilho, de pássaros e flores; até o papel amarelinho das paredes era simpático e festivo, o mesmo que se amarelava ali desde a sua infância. Mas, no mesmo instante, um pensamento transpassava-lhe todo o íntimo, com uma sensação de êxtase e de horror: Kátia! O sol matinal brilhava com aquela juventude, o frescor do jardim era o seu frescor, tudo o que havia de alegre e brincalhão no repicar dos sinos brincava por meio da beleza e elegância do seu vulto, o papel de parede do tempo dos avós exigia que a moça partilhasse com Mítia toda aquela existência antiga do rincão natal, como tinham vivido e morrido, ali, naquela propriedade, naquela casa, os pais e avós dele. E Mítia jogava longe o cobertor, erguia-se da cama só de camisola com a gola aberta, magro, de pernas compridas, mas sempre vigoroso, jovem, ainda tépido do sono, puxava depressa a gaveta da escrivaninha, agarrava a fotografia secreta e ficava petrificado, olhando-a ávida e interrogativamente. Todo o encanto, toda a graça, tudo o que há de inexplicável, radiante e magnético no virginal, no feminino, existia naquela cabeça um tanto viperina, em seu penteado, em seu olhar quase provocante e, ao mesmo tempo, inocente! Mas aquele olhar brilhava misterioso, num silêncio alegre, invencível. E onde arranjar forças para suportar o olhar que era tão próximo e tão distante, e agora, talvez, para sempre estranho, aquele olhar que desvendara uma felicidade tão indescritível de viver e que o enganara tão ignóbil e terrivelmente?

Naquela noite em que voltara do correio, através de Chakhóvskoie, aquela antiga propriedade deserta com uma alameda negra de abetos, ele expressara com muita exatidão, por meio daquela exclamação inesperada para ele mesmo, o extremo esgotamento a que chegara. Parado sob a janela da agência do correio, olhando do seu selim para o funcionário postal, que remexia inutilmente num monte de cartas e jornais, ele ouviu atrás de si o ruído de um trem que chegava à estação; esse barulho e o cheiro da fumaça deixaram-no abalado com a felicidade da recordação da estação de Kursk e de Moscou em geral. Atravessando o povoado, de volta do correio, ele percebia, assustado, algo de Kátia em cada uma das moças camponesas de pequeno porte que iam na sua frente, em cada um dos movimentos das suas pernas. No campo, encontrou uma tróica:[27] no *tarantás*, que ela puxava numa carreira, apareceram dois pequenos chapéus, um deles de moça, e por pouco não exclamou: "Kátia!". As flores alvas na ourela de uma propriedade faziam surgir no mesmo instante a imagem das suas luvas brancas, as uvas-de-urso azuis lembravam a cor do seu pequeno véu... E no momento em que ele entrava em Chakhóvskoie, à luz do poente, o cheiro doce e seco dos abetos e o magnífico aroma do jasmim deram-lhe um sentimento tão agudo do verão e de uma antiga vida estival, naquela bela e rica propriedade, que, lançando um olhar para a luz vermelho-dourada do entardecer na alameda, para a casa no fundo, para as sombras da noite que chegava, ele viu de repente Kátia, que descia, em todo o desabrochar do encanto feminino, da varanda para o jardim, e viu isso quase com a mesma nitidez com que via a casa e o pé de jasmim. Fazia tempo que perdera a representação real da moça, e ela lhe aparecia cada dia mais extraordinária, mais transfigurada — naquela mesma tarde, a sua transfiguração atingira tamanha força, tamanho

---

[27] Os três cavalos atrelados a um veículo. (N. do T.)

triunfo que Mítia teve um sentimento de horror ainda mais intenso do que naquele meio-dia em que sobre ele gritara de repente um cuco.

XIX

Deixou de ir ao correio, obrigou-se, com um desesperado, um supremo esforço da vontade, a suspender aquelas excursões. Deixou também de escrever. Já tentara, já escrevera tudo: asserções desesperadas de que a amava com um amor que não existira ainda sobre a Terra, súplicas humilhantes de que lhe concedesse o seu amor, ou pelo menos a sua "amizade", balelas desonestas no sentido de que estava doente e escrevia deitado na cama, destinadas a suscitar ao menos comiseração, ou um pouco de atenção para a sua pessoa, e até alusões ameaçadoras a que, provavelmente, só lhe restaria um recurso: livrar Kátia e os seus "rivais mais felizes" da sua presença sobre a Terra. E, tendo deixado de escrever e de implorar uma resposta (esperando, apesar de tudo, em seu íntimo, que a carta chegasse precisamente quando ele tivesse enganado o destino, aparentando muito bem indiferença, ou depois de ter realmente conseguido chegar a um estado indiferente), esforçando-se por todos os meios para não pensar em Kátia, procurando de todas as maneiras salvar-se dela, ele recomeçou a ler o que lhe vinha às mãos e a ir com o *estárosta* aos povoados vizinhos, a fim de tratar de negócios, e repetia interiormente, sem cessar: tanto faz, seja o que for!

Certa vez, voltava, com o *estárosta*, de um sítio, e como de costume a toda brida. Iam ambos a cavalo, puxando um carro; o *estárosta* ia na frente — era quem guiava — e Mítia, atrás, ambos saltitando com os solavancos, sobretudo Mítia, que se segurava com força ao coxim da sela e olhava ora para a nuca vermelha do *estárosta*, ora para os campos que lhe pulavam diante dos olhos. Aproximando-se da casa, o *estárosta* baixou as rédeas, foi a passo, começou a rolar um cigarrinho e, sorrindo para dentro da bolsa de fumo, disse:

— Patrãozinho, o senhor daquela vez se zangou comigo, mas não fez bem. Não era verdade o que eu lhe dizia? Um livro é boa coisa, bem que se pode ler numa hora de folga, mas ele não foge, e é preciso ter tempo para tudo.

Mítia corou e, inesperadamente para si mesmo, respondeu, com uma simplicidade fingida e um sorriso encabulado:

— Não sei, não há ninguém em vista...

— Como assim? — disse o *estárosta*. — Tantas mulheres e moças!

— As moças só provocam — retrucou Mítia, procurando responder no mesmo tom do *estárosta*. — Não tem muito o que esperar.

— Não provocam só, é que o senhor não conhece a maneira de tratá-las — disse o *estárosta*, desta vez sentencioso. — Além disso, anda avarento. E colher seca arranha a boca.

— Eu não seria avarento se houvesse um caso certo, conveniente — respondeu de repente Mítia, perdendo a vergonha.

— E se o senhor não for avarento, tudo acontecerá da melhor maneira — disse o *estárosta*, acendendo um cigarro, e continuou, como que um tanto magoado: — O que me importa não é ganhar um rublo, um presente seu, e sim proporcionar-lhe prazer. Fico olhando, olhando: o patrãozinho está aborrecido! Não, penso eu, não se pode deixar o caso assim. Eu sempre me preocupo com os meus patrões. Já é o segundo ano que moro na casa de vocês e não ouvi uma palavra ruim nem do senhor, nem da patroa, Deus seja louvado. Os outros lá se importam com o gado dos patrões? Se está alimentado, muito bem, se não está, o diabo que o carregue.

Mas comigo isto não acontece. O gado, para mim, está acima de tudo. Digo também à rapaziada: "Quanto a mim, não me incomodo, mas que o gado esteja bem alimentado!".

Mítia começou a pensar que o *estárosta* estivesse embriagado, mas o outro de repente deixou aquele tom íntimo e magoado e disse, lançando por cima do ombro um olhar interrogador para Mítia:

— O que há de melhor que Alionka? Uma mulherzinha picante, jovem, o marido está nas minas... Mas, é claro, é preciso dar a ela alguma bobagem. Bem, o senhor vai gastar ao todo, digamos, uns cinco rublos. Um rublo, digamos, de gulodices para ela, dois para lhe entregar em mãos. Bem, um pouco para mim, para um cigarrinho...

— Não será por isso que a coisa vai parar — respondeu Mítia, novamente a contragosto. — Mas de que Alionka você está falando?

— Claro que daquela do novo guarda florestal — disse o *estárosta*. — Será que o senhor não a conhece? É a cunhada dele. Acho que o senhor a viu no domingo passado na igreja... Eu então pensei logo: aí está um bom petisco para o nosso patrãozinho! É o segundo ano só que está casada, preocupa-se com o asseio...

— Muito bem — respondeu Mítia, com um sorriso —, pois então arranje a coisa.

— Neste caso, vou me esforçar — disse o *estárosta*, pegando as rédeas. — Por estes dias vou perguntar a ela. E o senhor também, nesse tempo, não fique dormindo. Amanhã, ela irá com as moças consertar o talude do jardim, pois o senhor dê um pulo até lá... E quanto a este livro, ele não vai fugir, creio que em Moscou vai ter muito tempo para leitura...

Tocou o cavalo, e o carro voltou a pular e oscilar. Mítia segurava-se com força ao coxim e, procurando não olhar o pescoço vermelho e gordo do *estárosta*, olhava, por entre as árvores do jardim de sua casa e os vinhedos da aldeia, aglomerada na ladeira junto ao rio, para as campinas ribeirinhas, ao longe. Já se realizara pela metade algo selvagem, inesperado, absurdo, que lhe fazia passar por todo o corpo um langor febril. E o campanário, que ele conhecia desde criança, já se erguia diante dele, atrás dos cimos do jardim, de certa maneira diferente, e era outro também o brilho do cruzeiro que o encimava em meio ao crepúsculo.

XX

As moças chamavam Mítia de galgo, por sua magreza. Ele pertencia à raça dos homens de olhos negros, como que sempre arregalados, e que, mesmo em seus anos de madureza, quase não têm barba nem bigode, apenas uns pelos crespos e ralos. No entanto, no dia seguinte à sua conversa com o *estárosta*, fez a barba de manhã e vestiu uma camisa de seda amarela, que iluminou de maneira estranha e bonita o seu rosto extenuado, e que parecia refletir inspiração.

Foi ao jardim depois das dez, devagar, procurando fingir um ar de quem está aborrecido e, sem ter o que fazer, vai dar uma volta.

Saiu pela porta principal, voltada para o norte. Naquela direção, havia sempre uma cor turva de ardósia por cima do alpendre das carruagens e do curral e sobre aquela parte do jardim atrás da qual sempre espiava o campanário. Tudo parecia fosco, o ar estava sufocante e vinham cheiros da chaminé da copa. Mítia dobrou a esquina da casa e dirigiu-se para a alameda de tílias, olhando para o céu e os cimos do jardim. Um vento cálido e fraco, vindo do sudeste, soprava por baixo das nuvens indefinidas que pareciam descer além do jardim. Os pássaros não cantavam, até os rouxinóis se tinham calado. Somente abelhas em quantidade sulcavam em silêncio o jardim, voltando da colheita do mel.

Consertando o talude, as moças estavam trabalhando novamente junto ao bosquete de abetos; tapavam os buracos abertos pelo gado e cobriam-nos de terra e de estrume fermentado (que desprendia um odor fétido e agradável), trazido de tempos em tempos pelos operários, do curral, através da alameda toda semeada de montículos úmidos e brilhantes. Havia ali umas seis moças. Não se via Sonka entre elas: apesar de tudo, tinham tratado o seu casamento, e ela estava agora em casa, preparando umas coisas. Estavam ali algumas garotinhas, umas fedelhas ainda, a gorda e bonitinha Aniutka,[28] Glachka, que parecia ainda mais severa e viril, e Alionka. Mítia viu-a imediatamente em meio às árvores, compreendeu no mesmo instante que era ela, embora nunca a tivesse visto antes, e foi atingido, como que por um raio, por algo em comum que havia, ou que somente lhe parecera existir, entre Alionka e Kátia, algo que lhe bateu inesperada e violentamente nos olhos. Aquilo era tão surpreendente que ele até se deteve, imerso por um instante em estupor. Depois, decidido, caminhou bem na sua direção, sem tirar os olhos dela.

Ela também era miúda e rápida nos movimentos. Apesar de ter vindo fazer um trabalho sujo, estava com uma bonita blusa de chita, branca e com pintas vermelhas, presa com um cinto negro esmaltado, uma saia da mesma fazenda, um lenço de seda cor-de-rosa na cabeça, meias de lã vermelha e macias botas de feltro preto, nas quais (ou, melhor, em toda a sua perna pequena e leve) percebia-se de novo algo em comum com Kátia, isto é, algo feminino misturado com algo infantil. Tinha também uma cabecinha pequena, e os seus olhos escuros estavam engastados e brilhavam quase como os de Kátia. Quando Mítia foi se aproximando, ela era a única a não trabalhar, como se sentisse a sua peculiaridade entre as demais; parada sobre o talude, o pé direito sobre o for-

---

[28] Diminutivo de Ana. (N. do T.)

cado, conversava com o *estárosta*. Este permanecia deitado sob uma das macieiras, sobre o seu paletó de forro rasgado, e fumava, apoiado num cotovelo. Mítia aproximou-se, e o outro afastou-se delicadamente para cima do capim, cedendo-lhe o lugar sobre o paletó.

— Sente-se, Mítri Pálitch,[29] acenda um cigarrinho — disse com desleixo amistoso.

Mítia espiou furtivamente, de soslaio, para Alionka (o lenço cor-de-rosa iluminava de maneira muito bonita o rosto da mulher), sentou-se e, baixando os olhos, pôs-se a fumar (durante o inverno e a primavera, tentara muitas vezes deixar esse vício). Alionka nem o cumprimentou, parecia não ter notado a sua presença. O *estárosta* continuava a dizer-lhe algo que Mítia não compreendia, por não saber o começo da conversa. Ela ria, mas de maneira tal como se nem a sua cabeça, nem o coração, tomassem parte naquele riso. O *estárosta* punha em cada uma das suas frases, desdenhoso e zombeteiro, alusões obscenas. Ela respondia-lhe de jeito leve e também galhofeiro, dando a compreender que ele se comportara tolamente em relação a certas intenções que tinha para com alguém, que fora precipitado demais e ao mesmo tempo medroso, pois temia a sua mulher.

— Ora, ninguém te vence no bate-boca — disse finalmente o *estárosta*, interrompendo a discussão, como que em vista da sua inutilidade, que já estava enfastiando. — É melhor você vir sentar-se um pouco aí com a gente. O patrão quer te dizer uma palavra.

Alionka desviou o olhar para o lado, empurrou nas têmporas uns anéis escuros de cabelo e não se mexeu do lugar.

— Vamos, estou dizendo, sua tola! — insistiu o *estárosta*.

---

[29] Corruptela familiar de Dmítri Pávlovitch. (N. do T.)

Depois de ficar um instante pensativa, Alionka de repente pulou ágil do talude, correu para junto deles, acocorou-se a dois passos de Mítia, que estava deitado sobre o paletó, e olhou, alegre e curiosa, para o rosto dele, os olhos escuros e arregalados. Depois riu e perguntou:

— É verdade, patrãozinho, que o senhor não vai com as mulheres? Que nem um sacristão?

— E como é que você sabe que não vai com elas? — perguntou o *estárosta*.

— Bem que eu sei — disse Alionka. — Ouvi dizer. Não, ele não pode. Ele tem uma em Moscou — disse ela, os olhos de súbito saltitantes.

— Não tem uma que lhe sirva, por isto não vai com as mulheres — replicou o *estárosta*. — Grande coisa você compreende da vida dele!

— Como assim, não tem? — disse Alionka, rindo. — Quantas mulheres e moças! Aí está Aniutka, para que melhor? Aniutka, venha cá, venha tratar de um caso! — gritou com voz sonora.

Aniutka, larga, de ombros macios e braços curtos, voltou-se; tinha rosto muito simpático e um sorriso bom, afável; em resposta, gritou qualquer coisa, cantante, e passou a trabalhar com mais afinco ainda.

— Estão dizendo a você, venha cá! — repetiu Alionka, a voz ainda mais sonora.

— Não tenho o que fazer aí, não fui ensinada a tratar desses casos — cantarolou Aniutka, alegre.

— Não precisamos de Aniutka, precisamos de alguém mais limpo e mais nobre — disse o *estárosta*, sentencioso. — Sabemos sozinhos de quem precisamos.

E lançou sobre Alionka um olhar muito significativo. Ela ficou um tanto confusa, chegou a corar um quase nada.

— Não, não, não — respondeu, escondendo o encabulamento com um sorriso —, vocês não vão encontrar ninguém melhor do que Aniutka. E se não querem Aniutka, procurem a Nastka,[30] ela também é asseada, já morou na cidade...

— Chega, fique quieta — disse o *estárosta*, inesperadamente rude. — Ocupe-se do que lhe compete, já falou bastante e agora chega. Mesmo sem isto, a patroa já me passa sermões, diz que todos vocês malandreiam por aí...

Alionka levantou-se num salto e tornou a apanhar o forcado, com agilidade extraordinária. Mas o lavrador que, nesse ínterim, tinha derrubado a última carroça de estrume, gritou: "Lanchar!" — e, sacudindo as rédeas, fez ressoar violentamente, alameda abaixo, a carroceria vazia.

— Lanchar, lanchar! — gritaram também as moças, em diferentes vozes, jogando de lado forcados e pás, pulando sobre o talude ou de cima dele, fazendo aparecer as pernas nuas e as meias multicores, e correndo para as suas trouxas sob o bosquete de abetos.

O *estárosta* olhou de viés para Mítia, piscou-lhe o olho, querendo dizer que as coisas iam bem e, soerguendo-se, concordou autoritário:

— Ora, se é para merendar, vamos merendar...

Coloridas sob a parede escura dos abetos, as moças sentaram-se ao acaso e alegres sobre a grama, puseram-se a desfazer as suas trouxas, a tirar as broas e espalhá-las sobre as saias, entre as pernas estendidas, começaram a mastigar, bebendo das garrafas, umas leite, outras *kvas*,[31] continuando a conversar alto e desordenadamente, dando gargalhada depois de cada palavra, e lançando a todo momento na direção de Mítia olhares curiosos e provocantes. Alionka inclinou-se para Aniutka, e disse-lhe qualquer coisa ao ouvido. Aniutka

---

[30] Diminutivo de Anastassia. (N. do T.)

[31] Bebida fermentada, geralmente à base de pão preto, muito popular na Rússia. (N. do T.)

não conteve um sorriso encantador, e empurrou-a com uma força inaudita (sufocando de rir, Alionka deixou cair a cabeça sobre os joelhos), e, com uma indignação fingida, fez atroar por todo o bosquete a sua voz cantante:

— Boba! Por que está aí rindo sem motivo? Qual foi a alegria?

— Vamos sair de perto do pecado, Mítri Pálitch — disse o *estárosta* —, os diabos tomaram conta do mulherio!

XXI

No dia seguinte, um domingo, não se trabalhava no jardim.

Chovera de noite, ouviam-se as bátegas no telhado, a todo momento o jardim aparecia iluminado palidamente, mas em toda a sua extensão, numa visão fantasmagórica. De manhãzinha, porém, o tempo tornou a melhorar, de novo tudo se tornou simples e adequado, e Mítia acordou com o repique alegre, solar, dos sinos.

Sem se apressar, lavou-se, vestiu-se, tomou um copo de chá e dirigiu-se à missa.

— Sua mãe já foi — disse-lhe Paracha, numa censura carinhosa — e o senhor fica aí, feito um tártaro...[32]

Podia-se ir à igreja através do pasto, saindo do portão da propriedade e dobrando à direita, ou através do jardim, pela alameda principal, e depois à esquerda, pelo caminho entre o jardim e a eira. Mítia foi pelo jardim.

O verão já se mostrava em sua plenitude. Mítia caminhou pela alameda, bem na direção do sol, que tinha um brilho seco sobre o campo e a eira. Esse brilho, o repicar dos sinos, que se fundia, de maneira tão pacífica e bonita, com ele e, de modo geral, com toda aquela manhã campestre, e o fato de Mítia ter acabado de se lavar, ter penteado o cabelo ne-

---

[32] Na Rússia, são comuns as alusões ao período em que o país ficou sob o domínio dos tártaros. (N. do T.)

gro, molhado, lustroso, e ter posto o seu quepe de estudante, tudo pareceu de repente tão bom que ele, tendo de novo passado a noite toda sem dormir, ao voltar com uma infinidade das mais diversas cogitações e sentimentos, ficou de repente presa de uma esperança: todos os seus tormentos teriam uma solução feliz, se veria livre deles, estaria salvo. Os sinos prosseguiam em seu jogo, em seu apelo; a eira em frente tinha um brilho quente, um pica-pau havia parado, erguendo o topete, e corria depressa, subindo por um tronco nodoso de tília, para o cimo verde-claro, ensolarado: abelhas aveludadas, vermelho-negras, enfiavam-se com ar preocupado nas flores das campinas, em pleno sol; as aves soltavam os seus trinados pelo jardim inteiro, com despreocupação e doçura... Tudo estava como tinha sido muitas, muitas vezes, na infância e na adolescência, e acorreu então à lembrança com tamanha vivacidade todo aquele tempo encantador e despreocupado de outrora que lhe veio de repente a certeza de que, graças a Deus, talvez fosse possível viver no mundo, mesmo sem Kátia.

— Realmente, irei à casa dos Miechtchérski — pensou de repente.

Mas, nesse instante, levantou os olhos e viu a vinte passos Alionka, que passava pelo portão. Estava de novo com aquele lenço cor-de-rosa, usava um bonito vestido azul-claro com franja e sapatos novos, ferrados. Caminhava depressa, rebolando, sem o ver, e ele se afastou com um gesto brusco para trás das árvores.

Depois que ela desapareceu, Mítia voltou apressadamente para casa, o coração batendo. Compreendera de súbito que fora à igreja com o propósito secreto de vê-la, e compreendera também que não podia, não devia vê-la na igreja.

XXII

Durante o almoço, um estafeta trouxe da estação um telegrama: Ânia e Kóstia comunicavam que chegariam no dia seguinte, à noitinha. Mítia ficou de todo indiferente a essa notícia.

Depois do almoço, permaneceu deitado de costas no divã trançado do terraço, os olhos fechados, sentindo o calor que chegava até ali e ouvindo o zunir estival das moscas. Tremia-lhe o coração, tinha na cabeça uma pergunta insolúvel: como prosseguiria o caso com Alionka? Quando ficaria tudo resolvido? Por que o *estárosta* não perguntara na véspera à mulher, sem mais rodeios, se estava de acordo, e, no caso de uma afirmativa, onde e quando? E a par disso, havia outra coisa que o atormentava: valia ou não a pena transgredir a sua firme resolução de não ir mais ao correio? Não seria melhor ir aquele dia, pela última vez? Uma nova zombaria sem sentido em relação ao seu amor-próprio? Um novo atormentar-se, também sem sentido, com uma esperança lastimável? Mas o que poderia essa excursão acrescentar aos seus tormentos (na verdade, era um simples passeio)? Não era agora de todo evidente que lá, em Moscou, tudo estava para ele acabado para sempre? E em geral, o que tinha a fazer?

— Patrãozinho! — ressoou de repente uma voz abafada, perto do terraço. — Está dormindo, patrãozinho?

Ele abriu depressa os olhos. Diante dele estava o *estárosta*, de camisa de chita e quepe novos. Tinha o rosto festivo, nutrido, um tanto sonolento e bêbado.

— Vamos depressa para a mata, patrãozinho — murmurou ele. — Eu disse à patroa que tinha de ir ver Trifon, por causa das abelhas. Vamos mais depressa, enquanto ela está descansando, senão vai acordar e pode até mudar de ideia... Vamos levar alguma coisa para servir ao Trifon, ele vai ficar meio alto, o senhor então deve ocupá-lo com a conversa, e enquanto isto vou dar um jeito de dizer uma palavrinha a Alionka. Venha depressa, eu já atrelei...

Mítia levantou-se de um salto, atravessou correndo o vestíbulo, agarrou o quepe e caminhou depressa para o alpendre dos carros, onde um potro árdego estava atrelado a uma aranha.

XXIII

O potro levou o carro para fora do portão, num só arranco. Eles detiveram-se por alguns instantes junto à vendinha em frente da igreja, apanharam uma libra de toucinho e uma garrafa de vodca e prosseguiram na carreira.

Na saída da aldeia apareceu uma isbá, junto à qual estava Aniutka, toda enfeitada e sem saber o que fazer. O *stárosta* gritou-lhe algo, brincalhão, mas com rudeza, e, com uma galhardia de bêbado, má e sem sentido, sacudiu com força as rédeas, batendo com elas na garupa do potro. Este correu ainda mais.

Mítia segurava-se com toda a força, saltitando no assento. A nuca abrasava-se agradavelmente, o calor dos campos, no qual já se sentia o cheiro do centeio em flor, da poeira das estradas e da graxa das carroças enviava-lhe ao rosto um sopro tépido. O centeio tremulava, tinha um matiz cinza-prateado, qual uma pele magnífica, cotovias erguiam-se sobre ele, como que na crista da onda, cantavam, sulcavam o ar de viés e caíam, a mata azulava-se suave, bem longe...

Passado um quarto de hora, já estavam na floresta e correram com a mesma velocidade pela estrada umbrosa, batendo em raízes e tocos de árvores, pela estrada que se mostrava alegre, em virtude das manchas de sol e das flores sem conta na erva densa e alta das beiradas. Em seu vestido azul-claro, calçada de botas curtas, Alionka, com as pernas estendidas, estava sentada entre os carvalhos novos, junto à casa do guarda, e bordava. O *estárosta* ameaçou-a com o chicote, passou por ela a toda brida e deteve-se bruscamente à porta da casa. Mítia ficou impressionado com o aroma fresco e amargo da floresta e ensurdecido com o latido sonoro dos cachorrinhos que cercaram a aranha e fizeram surgir outros latidos, de resposta, em toda a mata. Estavam parados e esgoelavam-se furiosos, em todos os tons, suas caras hirsutas eram bondosas, e remexiam os rabos.

Desceram, amarraram o potro a uma arvorezinha seca e queimada por um raio, sob as janelas da casa, e entraram, passando por um vestíbulo escuro.

Na casinha do guarda estava tudo muito limpo e aconchegante, havia pouco espaço e fazia calor, tanto pelo sol que luzia de trás da mata, entrando por ambas as janelinhas, como devido ao fogão aquecido: de manhã, assara-se pão integral. Fiedóssia, sogra de Alionka, uma velhinha bem limpa e agradável, estava sentada à mesa, de costas para a janelinha ensolarada, toda semeada de moscas pequenas. Vendo o rapaz, ela se levantou e fez-lhe profunda mesura. Depois de cumprimentar os de casa, os recém-chegados sentaram-se e puseram-se a fumar.

— Onde está Trifon? — perguntou o *estárosta*.

— Descansando no celeiro — disse Fiedóssia. — Vou chamá-lo.

— A coisa está se encaminhando! — murmurou o *estárosta*, piscando os olhos, assim que ela saiu.

Mítia, porém, não via ainda nenhum caso em vias de se resolver. No entretanto, o que havia era apenas um constrangimento intolerável: parecia que Fiedóssia já estava compreendendo muito bem com que fim eles faziam aquela visita. E tornava a aparecer rápido aquele pensamento que, havia três dias já, infundia-lhe horror: "O que faço? Estou perdendo a cabeça!". Sentia-se um sonâmbulo, submetido a uma vontade alheia, e que avançava cada vez mais rápido para certo abismo fatal, mas que o atraía irresistivelmente. Procurando ter, no entanto, uma aparência tranquila e simples, ficou sentado, fumando e examinando a casa do guarda florestal. E o que o envergonhava mais ainda era o pensamento de que dentro de instantes chegaria Trifon, mujique conhecido como esperto e mau, e que imediatamente compreenderia tudo, ainda melhor que Fiedóssia. Mas, ao mesmo tempo, havia outro pensamento também: "Mas, onde é que ela dorme? Nesse estrado, ou no celeiro?". "Claro que no celeiro", pensou ele. A noite estival na mata, as janelinhas do celeiro, sem moldura, o tempo todo se ouve o murmúrio sonolento da floresta, e, entretanto, ela dorme...

XXIV

Entrando, Trifon fez também uma profunda mesura na direção de Mítia, mas em silêncio, sem dirigir os olhos para os do rapaz. Em seguida, sentou-se no banco diante da mesa e começou a falar com o *estárosta*, em tom seco, nada afável: qual era o caso, o que tinham vindo fazer? O outro apressou-se a dizer que fora enviado pela patroa, que esta pedia a Trifon que fosse ver o colmeal, que o apicultor deles era velho, estúpido e surdo, e que ele, Trifon, era talvez o melhor apicultor em toda a província quanto à inteligência e compreensão do ofício; e, sem mais conversa, tirou de um dos bolsos da calça uma garrafa de vodca e, do outro, um toucinho embrulhado em áspero papel cinzento, todo engordurado. Trifon olhou de viés, fria e zombeteiramente, mas levantou-se do lugar e tirou de uma prateleira uma xícara para chá. O *estárosta* serviu vodca em primeiro lugar a Mítia, depois a Trifon, em seguida a Fiedóssia — ela sugou a xícara, com gosto, até o fundo — e finalmente serviu-se também; logo depois, iniciou a segunda rodada, mastigando pão, as narinas dilatadas.

Trifon não demorou a ficar sob o efeito da bebida, mas não perdeu a secura e o ar zombeteiro e pouco afável. O *estárosta* ficou num embotamento pesado logo após a segunda xícara. A conversa assumiu aparentemente caráter amistoso, mas os dois se encaravam com olhos desconfiados e maldosos. Fiedóssia calava-se com expressão cortês, mas descontente. Alionka não aparecia. Tendo perdido toda esperança de que ela viesse, e vendo claramente que, mesmo neste caso, seria um sonho tolo esperar agora que o *estárosta* conseguisse murmurar uma palavrinha para ela, Mítia levantou-se e disse, com expressão severa, que estava na hora de partir.

— Mais um pouco, mais um pouco, não se apresse! — replicou o *estárosta*, sombrio e insolente. — Ainda tenho que dizer ao senhor uma palavrinha em segredo.

— Pois bem, vai dizê-la pelo caminho — respondeu Mítia, de modo contido, mas ainda mais severo. — Vamos.

O *estárosta*, porém, bateu na mesa com a palma da mão e repetiu com o ar enigmático de um bêbado:

— Mas eu lhe digo que não é um assunto que se possa tratar pelo caminho! Saia comigo por um momento...

E, erguendo-se pesadamente, abriu a porta para o vestíbulo.

Mítia seguiu-o.

— Bem, de que se trata?

— Fique quieto! — murmurou misterioso o *estárosta*, fechando a porta atrás de Mítia e balançando-se.

— Ficar quieto a propósito do quê?

— Fique quieto!

— Não estou entendendo você.

— Fique quieto! Vamos ganhar a parada! Eu lhe garanto!

Mítia empurrou-o, saiu do vestíbulo e deteve-se à porta, não sabendo o que fazer: esperar mais um pouco, ir embora sozinho na aranha ou simplesmente partir a pé?

A dez passos dele estava a mata verde e densa, já imersa na sombra do anoitecer, e por isso mesmo ainda mais fresca, pura e bela. Um sol imaculado e sereno punha-se atrás dos seus cimos, pulverizando em meio a eles ouro de lei. E de repente, uma voz cantante de mulher ressoou, rolando no fundo da mata, longe, do outro lado, segundo pareceu, além das ravinas, e ressoou com tamanho apelo, tão encantadora, como ressoa unicamente na floresta, no verão, nas horas do pôr do sol.

— Aú! — gritou prolongadamente aquela voz, parecendo divertir-se com as respostas que se ouviam na floresta. — Aú!

Mítia pulou do umbral da porta e correu para a mata, sobre as flores e as ervas. O arvoredo descia por um barranco pedregoso. No fundo do barranco, Alionka estava comendo umas bolachinhas. Mítia correu até o barranco e se deteve. Ela o fitava de baixo, os olhos espantados.

— O que está fazendo aí? — perguntou Mítia a meia-voz.

— Estou procurando a nossa Maruska,[33] mais a vaca. Mas, por quê? — replicou ela, também a meia-voz.

— Você virá comigo, não?

— E por que eu iria sem ganhar nada? — perguntou ela.

— Mas quem disse a você que não é para ganhar? — perguntou Mítia, agora quase num murmúrio. — Não se preocupe.

— Quando? — perguntou Alionka.

— Amanhã... Quando é que você pode?

Alionka pensou um pouco.

— Amanhã vou à casa de minha mãe para tosquiar a ovelha — disse ela, depois de um silêncio e examinando cautelosa a mata sobre uma elevação atrás de Mítia. — Vou chegar à noitinha, logo que tiver escurecido. Mas onde? Na eira não pode ser, é capaz de entrar alguém... Quer naquela cabana, na baixada que fica no jardim de vocês? Mas tome cuidado, não me engane, não quero que seja de graça... Isso aqui não é Moscou — disse, dirigindo para ele, de baixo, os olhos risonhos. — Conta-se que lá as mulheres é que pagam...

---

[33] Diminutivo de Mária. (N. do T.)

XXV

O regresso foi um horror.

Trifon não quisera dever favores, servira de sua parte outra garrafa de vodca, e o *estárosta* ficara tão embriagado que não lhe foi fácil subir para a aranha, no começo caiu sobre ela, e o potro assustado deu um arranco e por pouco não fugiu sozinho. Mítia, porém, manteve-se calado, olhando o *estárosta* com indiferença e esperando paciente que ele acabasse de se sentar. O *estárosta* tornou a chicotear o cavalo com inaudita ferocidade. Mítia calava-se, equilibrando-se a custo, olhando o céu do anoitecer e os campos, que tremiam e pulavam rápidos na sua frente. Sobre os campos, na direção do poente, cotovias concluíam as suas doces canções. No oriente, já coberto do azulado da noite, viam-se fulgurações distantes e pacíficas, que nada prenunciavam a não ser bom tempo. Mítia compreendia todo aquele encanto vespertino, que já lhe era, porém, de todo estranho. Tinha uma coisa só nos pensamentos, na alma: amanhã de noite!

Em casa, esperava-o a notícia de que se recebera uma carta confirmando que Ânia e Kóstia chegariam no dia seguinte, com o trem da tarde. Ficou horrorizado: chegariam, correriam à noitinha para o jardim, poderiam correr para a cabana da várzea... Mas no mesmo instante se lembrou de que chegariam da estação depois das nove, e que depois iriam comer, tomar chá...

— Você vai à estação? — perguntou Olga Pietrovna.

Ele sentiu que empalidecia.

— Não, creio que não... Não tenho vontade... Além disso, não há lugar no carro...

— Ora, você poderia ir a cavalo...

— Não, eu não sei... A bem dizer, para quê? Agora, pelo menos, estou sem vontade...

Olga Pietrovna olhou-o fixamente:

— Você está bem de saúde?

— Perfeitamente — disse Mítia, quase grosseiro. — Só estou com muito sono...

E, no mesmo instante, retirou-se para o quarto, deitou-se no escuro no divã e adormeceu sem se despir.

De noite, ouviu música lenta e distante e se viu dormindo sobre um abismo imenso, fracamente iluminado. O abismo aclarava-se cada vez mais, tornava-se mais e mais infinito, mais e mais dourado e brilhante, mais povoado de gente, e então ressoou nele com toda a nitidez, com uma tristeza e uma ternura indizíveis: "Vivia em Thule um rei bondoso"... Ficou trêmulo de enternecimento, virou-se para o outro lado e voltou a dormir.

XXVI

O dia parecia infinito.

Mítia ia como um boneco de pau para o chá, para o almoço, depois voltava ao quarto e deitava-se de novo, apanhava sobre a escrivaninha um volume de Píssemski[34] que estava jogado ali havia muito tempo, lia sem compreender nada, ficava muito tempo olhando o teto, ouvia o rumorejo regular, estivo, acetinado, do jardim banhado de sol, atrás da janela... De uma feita, levantou-se e foi para a biblioteca, trocar um livro. Mas aquela sala, bela por seu ar de antiguidade, de quietude, por aquela vista para o bordo secreto, que aparecia numa das janelas, e pelo claro céu ocidental, que se via nas demais, lembrou-lhe com tamanha agudeza aqueles dias de primavera (agora, desmesuradamente distantes), quando ficava sentado ali, lendo versos em revistas antigas, e a sala pareceu-lhe tão impregnada de Kátia que ele se virou e caminhou depressa, para sair dali. "Ao diabo!", pensou irritado. "Ao diabo toda esta poesia trágica do amor!"

Lembrou-se indignado da sua intenção de suicidar-se, caso não chegasse uma carta de Kátia, e tornou a deitar-se e apanhar o volume de Píssemski. Mas, como antes, não compreendia nada do que estava lendo, e, por vezes, olhando pa-

---

[34] Aleksei Píssemski (1821-1881), escritor russo. (N. do T.)

ra o livro e pensando em Alionka, começava a tremer todo, em virtude de um calafrio interior que se intensificava cada vez mais. E quanto mais perto se estava do anoitecer, mais frequente era aquele tremor que o envolvia, num batucar contínuo. As vozes e os passos na casa, as vozes no quintal — já estavam atrelando o *tarantás* para ir à estação —, tudo ressoava daquela maneira peculiar de quando se está doente, sozinho no leito, e em volta decorre a costumeira vida cotidiana, indiferente, e por isto mesmo estranha, hostil até. Finalmente, Paracha gritou em alguma parte: "Patroa, os cavalos estão prontos!". Ouviu-se o murmúrio seco dos guizos, depois um ressoar de cascos e o ruído ligeiro do *tarantás* que se aproximava da entrada da casa... — Ah, quando é que tudo isto vai acabar, afinal? — balbuciou Mítia, fora de si de impaciência, sem se mover, mas ouvindo sequioso a voz de Olga Pietrovna, que dava as últimas ordens no vestíbulo. De repente, os guizos tornaram a murmurar, e depois começaram a emudecer, pois murmuravam com som cada vez mais uno, acompanhando o ruído do *tarantás* a rolar morro acima...

Mítia levantou-se depressa e saiu para o salão, que parecia vazio e iluminado pelo poente vivo e amarelento. A casa estava toda vazia, era um vazio estranho e terrível! Mítia olhou com um sentimento esquisito, como que de despedida, para a fileira de quartos abertos e silenciosos — para a sala de jantar, para a sala dos divãs, para a biblioteca, em cuja janela azulava-se com tons vespertinos a parte meridional do céu e verdejava o alto pitoresco do bordo, encimado pelo ponto róseo de Antares... Espiou em seguida para o vestíbulo, a fim de verificar se Paracha não estava lá. Vendo que aquela sala estava também vazia, apanhou no cabide o seu quepe, correu de volta ao seu quarto, e pulou a janela, jogando as pernas compridas para longe, sobre o canteiro de flores. Ficou por um instante imobilizado sobre o canteiro, correu encurvado, atravessando o jardim, e desviou-se rápido para uma alameda lateral e erma, densamente fechada por moitas de lilás e de acácia.

XXVII

Não havia orvalho, por isso não se podia perceber muito bem os aromas do jardim noturno. Mítia, porém, a par de toda a inconsciência das suas ações nessa noite, teve a impressão de que nunca na vida, com exceção talvez da primeira infância, sentira tamanha força e variedade de cheiros como nessa ocasião. Tudo cheirava: as moitas de acácia, as folhas de lilás e de groselha, as bardanas, as artemísias, as flores, a terra...

Depois de alguns passos rápidos, com o pensamento assustador: "e se ela me enganar e não vier?" (tinha agora a impressão de que a vida toda dependia apenas da vinda ou da ausência de Alionka) — e tendo apreendido por entre os cheiros da vegetação também o cheiro da fumaça vespertina, vinda da aldeia, Mítia parou mais uma vez e virou-se por um instante: um besouro noturno deslizava lento e zunia nas proximidades, parecendo semear a quietude, a tranquilidade e a penumbra; mas ainda estava claro, devido ao ocaso que se expandira pela metade do céu, com a sua luz regular, e que levava muito tempo para se apagar, a luz dos primeiros crepúsculos do verão; e sobre o telhado da casa, que se via aqui e ali, atrás das árvores, brilhava alto, no vazio transparente do céu, a pequena foice, abrupta e pontuda, da lua nova. Mítia olhou-a, fez rapidamente um sinal da cruz miúdo e caminhou para as moitas de acácia. A alameda levava à várzea, mas não à cabana; para alcançá-la, era preciso ir de viés, caminhar mais à esquerda. E, depois de dar uma passada por cima das moitas, Mítia correu de uma vez, em meio aos ramos baixos e bem estendidos, ora abaixando-se, ora afastando-os de si. Passados alguns instantes, já estava no lugar combinado.

Foi com medo que penetrou na escuridão da cabana, que recendia a palha seca fermentada, percorreu-a com o olhar penetrante e certificou-se quase com alegria de que ali ainda não havia ninguém. Mas o instante fatal se aproximava, e ele postou-se junto à cabana, todo atenção e espera tensa. O dia inteiro estivera possuído, quase sem cessar, por uma extraordinária excitação carnal que atingia, agora, o auge. Mas, fato estranho, tanto de dia como agora, essa excitação ficava de certo modo independente, não o penetrava todo, possuía-lhe apenas o corpo sem se apossar da alma. No entanto, era terrível o bater do coração. E ao redor havia um silêncio tão espantoso que ele só ouvia uma coisa: aquele bater. Borboletas macias e incolores rodopiavam incessantes e silenciosas em meio aos galhos, à folhagem cinzenta das macieiras, que se recortavam, com um desenho variado e bem distinto, no céu noturno, e, por causa dessas borboletas, o silêncio parecia mais silêncio, como se elas o estivessem enfeitiçando. De repente, algo estalou atrás dele, e aquele som fulminou-o como um raio. Voltou-se bruscamente, olhou por entre as árvores na direção do talude, e viu que, sob os galhos das macieiras, alguma coisa preta estava rolando sobre ele. Mas nem tivera tempo de refletir, de se interrogar sobre o que era o objeto estranho quando aquilo correu em sua direção e fez um movimento largo: era Alionka.

Ela deixou cair da cabeça a barra da sua saia de lã, de fabricação caseira, e Mítia viu-lhe o rosto assustado a brilhar num sorriso. Estava descalça, apenas de saia e com uma camisa simples e severa presa dentro da saia. Sob a camisa, os seios virginais empinavam-se. A gola de abertura larga descobria-lhe o pescoço e parte dos ombros, e as mangas, arregaçadas acima dos cotovelos, deixavam ver os braços redondos. E tudo nela, desde a cabeça pequena, coberta com um lencinho amarelo, até os miúdos pés descalços, femininos e ao mesmo tempo infantis, era tão bonito, tão ágil, tão sedutor, que Mítia, que a vira até então unicamente ataviada, e via-a pela primeira vez em todo o encanto dessa singeleza, ficou atônito em seu íntimo.

— Bem, depressa, não? — murmurou ela alegre e malandra e, lançando um olhar ao redor, mergulhou na cabana, em sua treva cheirosa.

Deteve-se ali, e Mítia, apertando os dentes para impedi-los de bater, apressou-se a enfiar a mão no bolso (tinha as pernas tensas, duras como ferro) e meteu na palma da mão de Alionka uma nota amassada de cinco rublos. Ela a escondeu depressa sobre o peito e sentou-se no chão. Mítia sentou-se ao seu lado e passou-lhe a mão pelo pescoço, não sabendo se devia beijá-la ou não. O cheiro do seu lenço, dos cabelos, o cheiro de cebola de todo o seu corpo, misturado com os da isbá, da fumaça — tudo era bom a ponto de fazer girar a cabeça, e Mítia compreendia e sentia isto. E, não obstante, ainda existia tudo o que existira antes: a terrível força do desejo carnal, que não se transformava em desejo espiritual, em bem-aventurança, em êxtase, num langor de todo o ser. Ela se afastou bruscamente e se deitou de costas. Ele deitou-se ao lado, apertou-se contra ela, estendeu a mão. Rindo baixo e nervosamente, ela a agarrou e moveu-a para baixo.

— Não pode ser, de jeito nenhum — disse ela, meio séria, meio brincando.

Afastou a mão dele e ficou segurando-a fortemente com a sua mão pequena, os olhos dela fixavam os ramos de macieira que apareciam na moldura triangular da cabana, o céu azul que já escurecera atrás desses ramos e o ponto imóvel e vermelho de Antares, que ainda se mantinha parado e solitário ali. O que expressavam aqueles olhos? O que se devia fazer? Beijar-lhe o pescoço, os lábios? De repente, ela disse apressada, segurando a saia curta e preta:

— Vamos, depressa, não?...

Quando se levantaram — e Mítia levantou-se completamente abismado pela decepção —, ela foi ajeitar os cabelos, cobrindo-os com o lenço, e perguntou, num murmúrio animado, num tom de pessoa chegada, de amante:

— Dizem que você foi outro dia a Subótino. O pope[35] de lá vende leitões barato. É verdade? Não ouviu falar nisso?

---

[35] Sacerdote da Igreja russa. (N. do T.)

XXVIII

No sábado daquela mesma semana, a chuva, que se iniciara ainda quarta-feira e caíra sem parar, desabava aos cântaros.

Naquele dia, tornava-se com frequência ainda mais violenta, mais sombria e tempestuosa.

E o dia todo Mítia ficou caminhando incansavelmente pelo jardim, chorando tão desmedidamente que às vezes ele mesmo se espantava com a força e abundância das suas lágrimas.

Paracha saía à sua procura, gritava no quintal, na alameda das tílias, chamava-o para o almoço, depois para o chá, mas ele não respondia.

Fazia frio, havia umidade penetrante, as nuvens escureciam o dia; sobre aquele fundo negro, o verde compacto do jardim molhado destacava-se com particular densidade, frescor e nitidez. O vento que vinha de tempos em tempos fazia cair das árvores um outro aguaceiro: toda uma torrente de gotas soltas. Mítia, porém, não via nada, em nada prestava atenção. O seu quepe branco estava pendente, tornara-se cinzento-escuro, a japona de estudante enegrecera, os canos das botas apareciam enlameados até os joelhos. Encharcado, sem uma gota de sangue no semblante, os olhos de choro, de demência, estava terrível.

Fumava um cigarro após outro, caminhava a passos largos sobre a lama da alameda, e às vezes simplesmente ao deus-dará, sobre a alta erva molhada, em meio às macieiras e pereiras, chocando-se com os seus ramos tortos e nodosos, em que apareciam líquenes molhados, de um verde acinzentado. Ficava sentado em bancos enegrecidos, dilatados pelas águas, ia à várzea e deitava-se sobre a palha úmida, na cabana, no mesmo lugar em que estivera deitado com Alionka. Em virtude do frio, da umidade gélida do ar, suas grandes mãos azularam-se, os lábios tornaram-se roxos, e o rosto, de uma palidez mortal e de faces encovadas, adquirira um tom violeta. Ficava deitado de costas, uma perna sobre a outra, os braços sob a nuca, o olhar selvagem fixo no telhado preto de palha, do qual caíam grandes gotas ferrugentas. Depois, suas maçãs do rosto se comprimiam, as sobrancelhas começavam a saltar. Com gesto brusco, erguia-se de um salto, retirava do bolso das calças a carta lida já cem vezes, que recebera na hora de se deitar, e que estava suja e amassada — fora trazida pelo agrimensor, que viera a serviço passar alguns dias na propriedade — e devorava-a vorazmente, pela centésima primeira vez:

"Querido Mítia, não me queira mal, esqueça tudo, tudo o que aconteceu! Eu sou má, estragada, vil, sou indigna de você, mas amo loucamente a arte! Eu me decidi, a sorte está lançada, estou partindo em viagem, e você sabe com quem... Você é sensível, inteligente, há de me compreender, eu te imploro, não te atormentes e não me atormentes também! Não me escrevas nada, seria inútil!"

Chegando a este ponto, Mítia amassava a carta e, o rosto enfiado na palha molhada, os dentes furiosamente apertados, perdia o fôlego de tanto chorar. Aquele involuntário "tu", que lembrava tão terrivelmente e de certa forma até reconstituía a intimidade que existira entre eles, e que inundava o coração de uma ternura intolerável, era superior às forças humanas! E ao lado daquele "tu", a declaração categórica, no sentido de que seria até inútil escrever-lhe agora! Oh, sim, sim, ele sabia disso: inútil! Tudo terminado, e terminado para sempre!

Antes do anoitecer, a chuva, que desabara sobre o jardim com força dez vezes maior e com raios inesperados, expulsou-o dali, finalmente, para a casa. Molhado da cabeça aos pés, não acertando dente sobre dente em virtude do tremor gelado que tinha em todo o corpo, espiou de baixo das árvores e, certificando-se de que ninguém o estava vendo, correu até a janela do seu quarto, levantou por fora o caixilho — era de modelo antigo e tinha uma parte em guilhotina — e, entrando de um salto, fechou a porta à chave e atirou-se na cama.

Escurecia depressa. A chuva ressoava em toda parte — no telhado, em volta da casa, no jardim. O som era duplo, diferenciado: no jardim era diverso do que se ouvia junto à casa, sob o sussurrar e o marulho incessante das goteiras, que despejavam água nas poças. E isso criava em Mítia, caído por um instante numa imobilidade letárgica, um alarma inexplicável e, juntamente com a febre que lhe abrasava as narinas, a respiração, a cabeça, mergulhava-o numa espécie de narcose, criava um mundo como que diverso, uma outra hora vespertina, numa outra casa como que estranha, e onde havia um pressentimento terrível de algo.

Ele sabia e sentia estar em seu quarto, quase escuro já, devido à chuva e à noite que chegava, sabia que ali, no salão, à mesa do chá, ouviam-se as vozes de mamãe, de Ânia, de Kóstia e do agrimensor, mas ao mesmo tempo ele já estava caminhando por uma casa alheia, seguindo uma jovem babá que se afastava dele, e era envolvido por uma sensação de horror inexplicável e sempre crescente, acompanhada, no entanto, de concupiscência, do pressentimento da proximidade de alguém seguido por outra pessoa, de uma proximidade em que havia algo de antinatural e repulsivo, mas em que ele próprio tinha certa participação. E tudo isso se sentia por intermédio de uma criança de grande rosto branco, que uma jovem babá, de corpo dobrado para trás, carregava embalando. Mítia procurou passar-lhe à frente, conseguiu-o e já se preparava para lhe espiar o rosto — não seria Alionka? —, mas inesperadamente ele se viu numa sala escura de ginásio, de vidraças sujas de giz. Aquela que estava ali diante de uma cômoda, em frente de um espelho, não podia vê-lo: ele se tornara de súbito invisível. Ela estava de saiote de seda amarela, bem justa sobre as coxas redondas, de sapatinho de salto alto, de finas meias pretas de malha, através das quais transparecia a pele e, imbuída de vergonha e de uma doce timidez, ela sabia o que estava para acontecer naquele instante. Tivera tempo de esconder a criança numa gaveta da cômoda. Tendo jogado o cabelo por cima do ombro, trançava-o rápida, e, espiando de viés para a porta, olhava ao mesmo tempo no espelho, onde se refletiam o seu rostinho empoado, os ombros nus e os seios pequenos, de um azulado lácteo, com mamilos cor-de-rosa. A porta se escancarou, e, espiando com animação e ao mesmo tempo com medo, entrou um senhor de *smoking*, o rosto exangue escanhoado, os cabelos pretos, crespos e curtos. Tirou uma cigarreira chata de ouro e pôs-se a fumar desembaraçado. Ela ficou terminando a sua trança e olhava-o com timidez, conhecendo o objetivo dele, depois atirou a trança sobre o ombro, levantou os braços nus... Ele abraçou-lhe condescendente a cintura, e ela envolveu o pescoço dele com os braços, mostrando as axilas escuras, apertou-se contra ele, escondendo o rosto em seu peito...

XXIX

Mítia voltou a si, todo suado, com a consciência tremendamente clara de que estava perdido, de que no mundo tudo era tão monstruosamente sem esperança e sombrio como não podia ser no além-túmulo, no inferno. O quarto estava às escuras, fora algo fazia ruído e marulhava, e este ruído e marulhar eram intoleráveis (até pelo seu simples som) para o corpo, todo trêmulo de frio. O mais intolerável e terrível, porém, era a monstruosidade, o antinatural do conúbio humano que ele acabava de partilhar com aquele cavalheiro escanhoado. Vozes e risos vinham do salão. E também eles eram terríveis e antinaturais por serem alheios a ele, pela brutalidade da vida, por sua indiferença implacável em relação a Mítia...

— Kátia! — disse, sentando-se na cama e jogando as pernas para fora. — Kátia, o que é isso afinal? — perguntou alto, certo de que ela o ouvia, que estava ali e que se mantinha calada, que não respondia unicamente porque ela mesma também estava esmagada e compreendia o horror irreparável de tudo aquilo que tinha feito. — Ah, tanto faz, Kátia — murmurou ele, com amargura e carinho, querendo dizer que lhe perdoaria tudo, contanto que ela se atirasse como outrora na direção dele, para que pudessem salvar-se juntos, salvar o belo amor de ambos, naquele maravilhoso mundo primaveril, que, tão pouco tempo atrás, assemelhava-se a um paraíso. Mas, depois de murmurar: "Ah, tanto faz, Kátia"

— compreendeu no mesmo instante que não, não era o mesmo, não, não existia mais, nem podia existir, salvação, não podia voltar àquela esplêndida visão que lhe fora dado ver um dia em Chakóvskoie, no balcão invadido de jasmins, e ele chorou baixinho, com a dor que lhe dilacerava o peito.

Aquela dor era tão forte, tão intolerável, que, sem pensar no que fazia, não compreendendo o que resultaria de tudo aquilo, desejando fervorosamente uma coisa apenas, livrar-se por um instante que fosse daquela dor e não tornar àquele mundo horrível em que passara o dia todo e onde, apenas um instante atrás, estivera imerso no mais horrível e repugnante de todos os sonhos terrestres, apalpou e puxou uma gaveta do criado-mudo, apanhou a esfera fria, pesada, do revólver e, soltando um suspiro profundo e alegre, abriu a boca e, com toda a força, deliciando-se, atirou.

NOTA À PRESENTE EDIÇÃO

O manuscrito de *O amor de Mítia* é datado de 14 de setembro de 1924. A novela veio a público pela primeira vez na revista *Sovremênnie Zapíski* (Anais Contemporâneos), vols. XXIII e XXIV, em 1925, periódico editado por emigrados russos em Paris.

Esta tradução foi realizada a partir do original russo *Mítina liubóv* (Nova York, Chekhov Publishing House, 1955), e publicada originalmente em Ivan Búnin, *O amor de Mítia* e *O processo do tenente Ieláguin*, Coleção dos Prêmios Nobel de Literatura, coordenada no Brasil por Paulo Rónai (Rio de Janeiro, Delta, 1965; 2ª ed., Opera Mundi, 1973). A tradução foi revista por Boris Schnaiderman para a presente edição.

SOBRE O AUTOR

Ivan Alekséievitch Búnin nasceu em 1870, em Vorônej, na Rússia, numa família nobre. Começou a escrever muito cedo: seus primeiros poemas datam de 1887. Apesar de uma infância confortável, durante a adolescência os problemas financeiros da família levaram-no a interromper o ensino médio e a continuar sua educação em casa. Aos 19 anos de idade, depois de exercer diversos ofícios, começou a trabalhar na redação do jornal *Orlóvski Viéstnik* (O Mensageiro de Oriol), e em 1891 publicou sua primeira coletânea de poemas. Quatro anos depois, iniciou uma longa amizade com Tchekhov e Tolstói; mais tarde, em suas memórias, Búnin apontaria os dois escritores como seus mentores literários e filosóficos.

Na virada do século, Búnin começou a adquirir fama literária na Rússia, e consagrou-se com dois prêmios Púchkin: em 1896, pela tradução do poema *O canto de Hiawatha*, de Henry Longfellow; e em 1901, pelo livro de poemas *Listopad* (Desfolha). Foi um grande expoente do verso clássico, passando ao largo das correntes modernistas de sua época e formando um estilo que se aproximava da tradição de Púchkin e Tiútchev. Além disso, traduziu diversos poetas, como Petrarca, Byron e Heine. Em 1920, depois de uma série de viagens, Búnin e sua mulher decidiram fixar residência em Paris. Ao longo de 1925-26, publicou *Okaiánnie dni* (Dias malditos), seus diários de 1918-20, em que relata a guerra civil.

Tornou-se, nesse período, uma das principais vozes da comunidade de russos emigrados. Em 1933, recebeu o Prêmio Nobel de Literatura, o primeiro a ser entregue a um escritor russo. Considerado um mestre da narrativa curta, sua extensa obra é composta principalmente por poemas e textos ficcionais que conquistaram a admiração de diversos escritores, como as novelas *Antónovskie iábloki* (As maçãs de Antónov, 1900), *A aldeia* (1910), *Sukhodol* (Vale seco, 1912), *O amor de Mítia* (1925) e *O processo do tenente Ieláguin* (1926), o romance de tintas autobiográficas *A vida de Arséniev* (1930), e os contos "Um senhor de São Francisco" (1915) e "Respiração suave" (1916), além daqueles reunidos em *Tiômnie allei* (Aleias escuras, 1943). Ivan Búnin morreu em 8 de novembro de 1953, em Paris.

SOBRE O TRADUTOR

Boris Schnaiderman nasceu em Úman, na Ucrânia, em 1917. Em 1925, aos oito anos de idade, veio com os pais para o Brasil, formando-se posteriormente na Escola Nacional de Agronomia do Rio de Janeiro. Naturalizou-se brasileiro nos anos 1940, tendo sido convocado a lutar na Segunda Guerra Mundial como sargento de artilharia da Força Expedicionária Brasileira — experiência que seria registrada em seu livro de ficção *Guerra em surdina* (escrito no calor da hora, mas finalizado somente em 1964) e no relato autobiográfico *Caderno italiano* (Perspectiva, 2015). Começou a publicar traduções de autores russos em 1944 e a colaborar na imprensa brasileira a partir de 1957. Mesmo sem ter feito formalmente um curso de Letras, foi escolhido para iniciar o curso de Língua e Literatura Russa da Universidade de São Paulo em 1960, instituição onde permaneceu até sua aposentadoria, em 1979, e na qual recebeu o título de Professor Emérito, em 2001.

É considerado um dos maiores tradutores do russo em nossa língua, tanto por suas versões de Dostoiévski — publicadas originalmente nas *Obras completas* do autor lançadas pela José Olympio nos anos 1940, 50 e 60 —, Tolstói, Tchekhov, Púchkin, Górki e outros, quanto pelas traduções de poesia realizadas em parceria com Augusto e Haroldo de Campos (*Maiakóvski: poemas*, 1967, *Poesia russa moderna*, 1968) e Nelson Ascher (*A dama de espadas: prosa e poesia*, de Púchkin, 1999, Prêmio Jabuti de tradução). Publicou também diversos livros de ensaios: *A poética de Maiakóvski através de sua prosa* (Perspectiva, 1971, originalmente sua tese de doutoramento), *Projeções: Rússia/Brasil/Itália* (Perspectiva, 1978), *Dostoiévski prosa poesia* (Perspectiva, 1982, Prêmio Jabuti de ensaio), *Turbilhão e semente: ensaios sobre Dostoiévski e Bakhtin* (Duas Cidades, 1983), *Tolstói: antiarte e rebeldia* (Brasiliense, 1983), *Os escombros e o mito: a cultura e o fim da União Soviética* (Companhia das Letras, 1997) e *Tradução, ato desmedido* (Perspectiva, 2011). Recebeu em 2003 o Prêmio de Tradução da Academia Brasileira de Letras, concedido então pela primeira vez, e em 2007 foi agraciado pelo governo da Rússia com a Medalha Púchkin, em reconhecimento por sua contribuição na divulgação da cultura russa no exterior.

Faleceu em São Paulo, em 2016, aos 99 anos de idade.

COLEÇÃO LESTE

István Örkény
A exposição das rosas
e A família Tóth

Karel Capek
Histórias apócrifas

Dezsö Kosztolányi
O tradutor cleptomaníaco
e outras histórias de Kornél Esti

Sigismund Krzyzanowski
O marcador de página
e outros contos

Aleksandr Púchkin
A dama de espadas:
prosa e poemas

A. P. Tchekhov
A dama do cachorrinho
e outros contos

Óssip Mandelstam
O rumor do tempo
e Viagem à Armênia

Fiódor Dostoiévski
Memórias do subsolo

Fiódor Dostoiévski
O crocodilo e
Notas de inverno
sobre impressões de verão

Fiódor Dostoiévski
Crime e castigo

Fiódor Dostoiévski
Niétotchka Niezvânova

Fiódor Dostoiévski
O idiota

Fiódor Dostoiévski
Duas narrativas fantásticas:
A dócil e
O sonho de um homem ridículo

Fiódor Dostoiévski
O eterno marido

Fiódor Dostoiévski
Os demônios

Fiódor Dostoiévski
Um jogador

Fiódor Dostoiévski
Noites brancas

Anton Makarenko
Poema pedagógico

A. P. Tchekhov
O beijo
e outras histórias

Fiódor Dostoiévski
A senhoria

Lev Tolstói
A morte de Ivan Ilitch

Nikolai Gógol
Tarás Bulba

Lev Tolstói
A Sonata a Kreutzer

Fiódor Dostoiévski
Os irmãos Karamázov

Vladímir Maiakóvski
O percevejo

Lev Tolstói
Felicidade conjugal

Nikolai Leskov
Lady Macbeth do distrito de Mtzensk

Nikolai Gógol
Teatro completo

Fiódor Dostoiévski
Gente pobre

Nikolai Gógol
O capote e outras histórias

Fiódor Dostoiévski
O duplo

A. P. Tchekhov
Minha vida

Bruno Barretto Gomide (org.)
Nova antologia do conto russo

Nikolai Leskov
A fraude e outras histórias

Nikolai Leskov
Homens interessantes e outras histórias

Ivan Turguêniev
Rúdin

Fiódor Dostoiévski
A aldeia de Stepántchikovo e seus habitantes

Fiódor Dostoiévski
Dois sonhos: O sonho do titio e Sonhos de Petersburgo em verso e prosa

Fiódor Dostoiévski
Bobók

Vladímir Maiakóvski
Mistério-bufo

A. P. Tchekhov
Três anos

Ivan Turguêniev
Memórias de um caçador

Bruno Barretto Gomide (org.)
Antologia do pensamento crítico russo

Vladímir Sorókin
Dostoiévski-trip

Maksim Górki
Meu companheiro de estrada e outros contos

A. P. Tchekhov
O duelo

Isaac Bábel
No campo da honra e outros contos

Varlam Chalámov
Contos de Kolimá

Fiódor Dostoiévski
Um pequeno herói

Fiódor Dostoiévski
O adolescente

Ivan Búnin
O amor de Mítia

Varlam Chalámov
A margem esquerda
(Contos de Kolimá 2)

Varlam Chalámov
O artista da pá
(Contos de Kolimá 3)

Fiódor Dostoiévski
Uma história desagradável

Ivan Búnin
O processo do tenente Ieláguin

Mircea Eliade
Uma outra juventude
e Dayan

Varlam Chalámov
Ensaios sobre o mundo do crime
(Contos de Kolimá 4)

Varlam Chalámov
A ressurreição do lariço
(Contos de Kolimá 5)

Fiódor Dostoiévski
Contos reunidos

Lev Tolstói
Khadji-Murát

Mikhail Bulgákov
O mestre e Margarida

Iuri Oliécha
Inveja

Nikolai Ognióv
Diário de Kóstia Riábtsev

Ievguêni Zamiátin
Nós

Boris Pilniák
O ano nu

Viktor Chklóvski
Viagem sentimental

Nikolai Gógol
Almas mortas

Fiódor Dostoiévski
Humilhados e ofendidos

Vladímir Maiakóvski
Sobre isto

Ivan Turguêniev
Diário de um homem supérfluo

Arlete Cavaliere (org.)
Antologia do humor russo

Varlam Chalámov
A luva, ou KR-2
(Contos de Kolimá 6)

Mikhail Bulgákov
Anotações de um jovem médico
e outras narrativas

Lev Tolstói
Dois hussardos

Fiódor Dostoiévski
Escritos da casa morta

Ivan Turguêniev
O rei Lear da estepe

Este livro foi composto em Sabon, pela Bracher & Malta, com CTP da New Print e impressão da Graphium em papel Pólen Soft 80 g/m² da Cia. Suzano de Papel e Celulose para a Editora 34, em fevereiro de 2021.